dtv

*Reihe Hanser*

Bisher konnten Lara und Dannsair in der Fremde zusammenbleiben, jetzt werden sie getrennt: Laras Stute verschwindet in den Stallungen des Barons von Athenry. Trotz ihres Heimwehs beschließt Lara, Dannsair nie im Stich zu lassen. Als Junge verkleidet wird sie zum Stallburschen Trian – und kann so in Dannsairs Nähe sein. Bald bekommt sie eine einmalige Gelegenheit: Wenn der irische Stallbursche mit der Stute zurechtkommt, darf er in normannischer Kleidung mit ihr ins große Rennen gehen, von der Siegprämie könnte er Dannsair am Ende kaufen. Von da an hat Lara nur ein Ziel: das Rennen zu gewinnen – und damit das geliebte Pferd.

*Kathleen Duey* hat bereits viele Bücher für junge Leser geschrieben. Sie ist in Colorado aufgewachsen und seit ihrer Jugend eine begeisterte Reiterin. In der *Reihe Hanser* sind auch die ersten beiden Bände der vierbändigen Reihe um Lara und ihr Pferd Dannsair erschienen: ›Lara und die Graue‹ (dtv 62270) und ›Lara und das Silberfohlen‹ (dtv 62273).

Kathleen Duey

# Lara und das große Rennen

Aus dem Amerikanischen
von Anu Stohner

Deutscher Taschenbuch Verlag

Bereits erschienen:
Lara und die Graue (dtv 62270)
Lara und das Silberfohlen (dtv 62273)

Das gesamte lieferbare Programm der *Reihe Hanser*
und viele andere Informationen finden Sie unter
www.reihehanser.de

Deutsche Erstausgabe
In neuer Rechtschreibung
Januar 2007
Deutscher Taschenbuch Verlag GmbH & Co. KG,
München

Titel der amerikanischen Originalausgabe:
›Lara at Athenry Castle‹

This edition published by arrangement with
Viking Children's Books, a division of Penguin Young Readers
Group, a member of Penguin Group (USA) Inc.

Umschlagbild: Ute Martens
Gesetzt aus der Bembo 11,75/15
Satz: Fotosatz Amann, Aichstetten
Druck und Bindung: Druckerei C. H. Beck, Nördlingen
Gedruckt auf säurefreiem, chlorfrei gebleichtem Papier
Printed in Germany
ISBN-13: 978-3-423-62295-0
ISBN-10: 3-423-62295-4

# Kapitel eins

*Ich will nicht weg von meiner Mutter. Warum lassen mich diese Männer nicht zu ihr zurück? Ich werde weiter nach ihr rufen. Sie wird mich finden. Ich weiß es.*

Ich stand allein auf der Wiese. Mein Herz wollte brechen.

Ich hörte, wie sich Dannsairs angstvolles Wiehern entfernte. Die lange Reihe der Reiter des Barons verschwand hügelaufwärts im Nebel. Einer von ihnen hielt das Halfter meines Fohlens. Er zog die junge Stute mit sich und nahm sie mir weg.

In der entgegengesetzten Richtung ritten drei Reiter gemächlich durch den Nebel hügelabwärts, auf dem Weg zurück zu Conalls Ställen. Conall hatte gesagt, ich könne zurückkommen, wenigstens bis meine Tante Fallon sich entschied, ob sie Brian heiratete oder nicht. Wenn sie es tat, würde es Ärger geben; Brians Vater war ein Feind meines Vaters.

Ich konnte auch zu meinem Clan nach Hause gehen. Meine Mutter würde sich freuen, mich zu sehen, zu wissen, dass mir nichts geschehen war. Und ich vermisste meine Freundinnen Bebinn und Gerroc; unser ganzes Leben lang waren wir einander so nah gewesen wie Schwestern.

Ich stand da, meine nackten Füße waren rot vor Kälte, und ich versuchte, nicht zu weinen. Jetzt war keine Zeit dafür. Ich musste entscheiden, was ich tun wollte – und zwar schnell.

Ich *wollte* nach Hause, zu dem großen Kreis von uralten Erdwällen, neben den unser Dorf gebaut war. Schließlich liebte ich meine Familie. Und obwohl mein Vater oft sehr grob war, wusste ich doch, er liebte mich auch. Wo war er wohl in diesem Augenblick? Auf der Suche nach Fallon und mir? Das war unwahrscheinlich. Wahrscheinlich kämpfte er irgendwo – der Sommer war die Zeit der Schlachten.

Ich wischte Tau und Tränen von meinem Gesicht und starrte hügelabwärts. Wenn ich mit den drei Reitern zu Conalls Ställen zurückkehrte, würde man mir trotzdem nicht erlauben, mit den Pferden zu arbeiten. Conall und Cormacs Vater hatten mir Dannsair überlassen, weil die Stute mich zur Ziehmutter gewählt hatte, als ihre Mutter starb. Man würde mir kein anderes Fohlen anvertrauen. Man würde mir nicht erlauben zu reiten. Conall nahm *Jungen* in die Lehre, um ihnen die Kunst der Pferdepflege beizubringen, keine Mädchen. Keiner von diesen Jungen hatte versucht, mein Freund zu sein, außer Cormac. Auch wenn alles schrecklich schiefgegangen war, hatte er wenigstens versucht, mir zur Flucht zu verhelfen.

Dannsairs Wiehern wurde immer leiser. Dabei ritten sie nicht einmal schnell. Warum auch? Sie hatten keinen Grund zur Eile. Ich war dankbar dafür. Ich horchte und stellte mir Dannsairs Angst vor. Meine Fäuste ballten sich wie von selbst, und ich spürte wieder das Stechen in den Augen, bevor die Tränen kamen. Männer und Jungen würden die Stute ausbilden und reiten, nicht ich. Und man würde sie mit in den Krieg nehmen, wenn ich sie nicht retten konnte.

Mir war, als hätten mir die Feen und Heiligen Dannsair gegeben, obwohl mein Vater und zwei weitere wichtige Männer glaubten, sie gehöre ihnen.

In diesem Augenblick fiel die Entscheidung. Mein Herz hatte gesprochen.

Dannsair gehörte mir.

Sie konnten denken, was sie wollten, die Männer hatten alle Unrecht.

Dannsair war auf der Welt, weil ich ihr auf die Welt geholfen hatte. Sie hatte darauf vertraut, dass ich sie schützte und sie fütterte und wärmte. Sie hatte mir vertraut, wie ein Kind seiner Mutter vertraut.

Den leiser werdenden Klang ihres ängstlichen Wieherns konnte ich kaum ertragen. Und doch wartete ich noch eine Weile, bevor ich den dicken Mantel enger um mich zog, den Cormac mir gegeben hatte. Ich schob die Hand durch die Halsöffnung meines Umhangs, um die goldene Pferdespange zu berühren, die ich zu Hause, zwischen den Erdwällen unseres Geheges gefunden hatte. Sie sollte mir Glück bringen. Ich atmete tief ein, um mein flatterndes Herz zu beruhigen.

Als der letzte Reiter des Barons hügelaufwärts im Nebel verschwand und Dannsairs Rufe fast nicht mehr zu hören waren, begann ich zu laufen.

Vielleicht würde ich eines Tages nach Hause gehen. Ich hoffte es. Ich hatte Sehnsucht nach meiner Familie.

Vielleicht würde ich eines Tages auch Conall, Cormac und die wunderbaren Ställe voller schöner Pferde wiedersehen.

Aber jetzt musste ich Dannsair folgen.

Sie brauchte mich.

## Kapitel zwei

*Die Dunkelheit ist voller Geräusche und Gerüche, die mir unbekannt sind. Die anderen Pferde scheinen keine Angst zu haben, aber ich kann nicht schlafen, weil ich immer horchen muss. Wo ist meine Mutter?*

Der Nebel war so dick, dass meine Haare nass wurden. Ich riss einen dünnen Streifen von dem gelben Stück Stoff, um sie zusammenzubinden. Ich hatte keinen Kamm.

Ich hatte meine Flucht mit Dannsair geplant. Ich hatte mir vorgestellt, dass ich bei größeren Bauern nach Arbeit fragen könnte, um uns etwas zu essen zu verdienen. Ich hatte mir *nicht* vorgestellt, dass uns der Baron von Athenry auf dem Weg begegnen und mir die Stute wegnehmen würde.

Wie die Dinge jetzt lagen, konnte ich nicht anhalten, wenn ich Stimmen hörte oder aus der Ferne Esel sah, beladen mit geernteter Gerste. Ich konnte die Jungen meines Alters, die die Tiere vorantrieben, nicht fragen, wo sie wohnten und ob ihr Clan eine Reisende willkommen hieß. Ich konnte nicht einmal Pause machen, um nach etwas Essbarem zu suchen, das meinen knurrenden Magen beruhigte. Denn ich hatte Angst, ich könnte Dannsairs Spur verlieren.

Ich wusste, dass der Baron und seine Männer zur Burg von Athenry unterwegs waren, aber ich hatte keine Ahnung, wo die lag, nur dass es nicht weit von einer Furt am Fluss Clareen sein musste. Ich wusste auch nicht, wo dieser Fluss war; ich erinnerte mich nur, dass mein Vater einmal erzählt hatte, dass der Clareen tief sei und breit.

Am Anfang machte ich mir Sorgen und beeilte mich. Aber es war nicht schwer, den Reitern zu folgen; sie ritten in gemächlichem Tempo. Wenn ich einmal zurückfiel, hielt ich mich an die Spuren ihrer Pferde, bis ich wieder Stimmen und Hufeschlagen hörte.

Im Gehen, nass und kalt, die nackten Füße halb taub, versuchte ich, mich an alles zu erinnern, was mein Vater alles von Athenry erzählt hatte. Er ritt einmal im Jahr dorthin, um dem Baron den Anteil unseres Clans an Käse, Fleisch und feinem blauen Stoff, den meine Mutter webte, zu bringen. Er besaß ein Schwert, das dort geschmiedet worden war. Er war kein großer Geschichtenerzähler, mein Vater, aber einmal nachts hatte ich wach gelegen und zugehört, wie meine Mutter ihm immer neue Fragen stellte, um ihn zum Reden zu bringen.

Es war nicht viel, woran ich mich erinnerte.

Athenry war in normannischer Hand. Es gab dort eine Burg aus Stein, in der der Baron von Athenry und seine Familie lebten. Die Burg mit ihren hohen, dicken Mauern ragte aus der Stadtmauer, wie eine Landzunge ins Meer ragt.

Die Stadtmauer umschloss Felder und Weiden, in deren Mitte die Stadt mit so vielen Häusern und Hütten lag, dass unser Clan viele Male darin Platz gehabt hätte. Einen schönen Marktplatz gab es in Athenry und eine Dominikanerabtei mit hohen Stützpfeilern an der Außenseite und spitz zulaufenden Tür- und Fensterbögen. In der Abtei lebten Mönche und Priester, denen mein Vater Essensgeschenke brachte.

Seit Neuestem wurde in Athenry eine Kirche errichtet, und es gab ein großes steinernes Kreuz auf dem Marktplatz, das so hoch war wie ein zehnjähriger Junge. Außerdem lebte dort ein irischer Waffenschmied, bei dem mein Vater ein wertvolles Schwert gegen eine Kuh und eine Elle vom blauen Tuch meiner Mutter eingetauscht hatte.

Wusste ich noch etwas? Ja. Dass der Baron von Athenry grausam zu Bettlern war.

Und das war alles.

So sehr ich auch in meinem Gedächtnis grub, mehr kam nicht mehr zum Vorschein.

In der Nacht schlief ich unter einer dickstämmigen Eiche. Am Morgen erwachte ich steif und fröstelnd. Ich aß von meinem Käse und meinem Brot und lauschte, bis ich die ersten schwachen Geräusche aus dem Lager der Reiter hörte. Als sie wieder losritten, folgte ich ihnen.

Dannsair wieherte noch, aber längst nicht mehr so viel. Mir war klar, dass sie allmählich die Hoffnung verlor, dass ich zu ihr kommen würde. Ich kann den Schmerz nicht schildern, den mir das bereitete. Ich wollte sie so gern trösten und von den Männern wegführen. Aber ich wusste, dass das unmöglich war.

Es dauerte drei Tage, bis ich das Versteckspiel sicher beherrschte. Ich hielt mich, wo immer es möglich war, am Rand der Wälder, und ließ mich zurückfallen, wenn es über offene Wiesen und Felder ging.

Unterwegs sammelte ich Kresse und Kräuter zu den Bröckchen Käse und dem harten Brot, die ich auf die Flucht mitgenommen hatte. Ab und zu fand ich späte Haselnüsse, die ich zwischen Steinen knackte.

Eines Nachmittags fand ich eine Lichtung voller Spinat und Pilzen und wünschte mir für den Rest des Tages, ich wäre zu Hause und könnte meiner Mutter beim Bereiten der Abendmahlzeit helfen. Ich sehnte mich nach einem Bett aus trockenem Stroh und einem warmen Mahl aus in Butter gebratenen Pilzen und dampfendem Rehfleisch oder geröstetem Schweinefleisch. Dieses Jahr würde ich am Fest von *Samhain* weit weg von zu Hause sein.

Eines Abends schlugen der Baron und seine Männer das Nachtlager erst auf, als es fast dunkel war. Ich breitete müde meinen Mantel aus, legte mich darauf und fiel schnell in einen tiefen Schlaf. Ich war erschöpft vom langen Laufen, aber auch von meinen Sorgen. Der Boden war hart und unbequem, und ich wälzte mich fast die ganze Nacht ruhelos hin und her. So glaube ich jedenfalls.

Im Morgengrauen wachte ich auf, weil meine Kopfhaut brannte. In der Abenddämmerung hatte ich ein Klettendickicht als Schlafplatz gewählt.

Ich versuchte, die hakenförmigen Stacheln aus meinen Haaren zu entfernen, aber das machte alles nur noch schlimmer. Noch halb im Schlaf und furchtbar wütend, setzte ich mich auf und versuchte, den Streifen aus gelbem Leinen zu lösen, mit dem ich meine Haare zusammengebunden hatte. Aber ich bekam ihn nicht los. Mein Pferdeschwanz war ein einziges Knäuel aus Kletten.

Ich wurde in meinem lautlosen Zorn aufgeschreckt, als ich Stimmen aus dem Lager der Reiter hörte. Ich stand schnell auf und jammerte leise, als ich dabei den Kopf drehte und mir die Kletten in die Kopfhaut stachen.

Ich verbrachte den Morgen damit, im Laufen Kletten aus meinem wollenen Mantel zu entfernen. Und ich verbrachte den Nachmittag mit der Arbeit an meinen Haaren. Ich schaffte es, einige der Kletten zu entfernen, aber es waren nicht viele.

Der Versuch, am Abend dieses Tages einzuschlafen, war eine einzige Qual. Und am nächsten Abend stachen die Kletten noch schlimmer. Verzweifelt nahm ich einen flachen Stein und schliff daran die bronzene Sichelspitze, die ich in Conalls Stall gefunden hatte. Bis zum Morgen war sie so scharf wie ein Messer.

Am Abend dann, als der Baron und seine Männer ihr Lager aufgeschlagen hatten und auch ich rasten konnte, schnitt ich die Kletten endlich ab. Ich musste fast meine ganzen Haare opfern. Und mehr als einmal ritzte ich mir die Kopfhaut blutig. Auch dort, wo keine Kletten waren, schnitt ich die Haare kurz. Wie hätte ich sonst ausgesehen?

Die ganze Zeit musste ich daran denken, wie sehr meine Mutter immer darauf geachtet hatte, dass ich meine Haare kämmte und sauber hielt. Ich vermisste meine Mutter so sehr, dass ich mir bald nicht mehr sicher war, ob ich wegen der Kletten, der Schnitte in meiner Kopfhaut oder vor Heimweh weinte.

In der Nacht begann es zu regnen. Es wurde kalt. Cormacs Mantel hielt mich während der ganzen langen Reise am Leben. Ohne ihn hätte ich mich in den Nächten im Freien krank gefroren. Eines Tages wollte ich Cormac dafür danken.

Als ich daran dachte, spürte ich für einen Augenblick ein merkwürdiges Gefühl. Und als ich begriff, was das für ein Gefühl war, wurde ich rot. Ich war so wütend auf Cormac gewesen. Auch wenn er es sicher nicht gewollt hatte, so hatte mich sein Rat doch genau in die Arme des Barons von Athenry geführt. Ich hoffte, Cormac wiederzusehen – und das hatte offenbar wenig damit zu tun, dass ich ihm danken wollte. Ich mochte ihn, das war der eigentliche Grund.

Meine Freundin Bebinn und ihr Tally fielen mir ein und wie sie einander angelächelt hatten. Ich wurde wieder rot, peinlich berührt von meiner eigenen Albernheit. Selbst wenn ich mich von einem Jungen angezogen fühlte, war ich doch wohl vernünftiger als meine Tante Fallon! Cormac war der jüngere Bruder von Fallons geliebtem Brian. Beide waren sie Söhne eines Mannes, den mein Vater hasste.

Ich aß nur kleine Portionen von meinem Proviant, damit er länger hielt. Hunger würde mich nicht davon abhalten, Dannsair zu folgen, so wie der Winterhunger mich zu Hause nicht von der Arbeit abgehalten hatte. Ich war es gewohnt, einen leeren Magen zu haben, allerdings nicht in dieser Zeit des Jahres. Zu Hause gab es jetzt noch genügend Milch und Käse, und die Weizen- und Gerstenernte versorgte jedes Haus mit Brot. An Essen zu denken, machte mir den Mund wässerig, also hörte ich damit auf.

Oft kam ich den Reitern nahe genug, um Dannsair zu sehen. Ihr Halfter hing jetzt locker. Sie war klug und hatte gelernt, dass das Ziehen daran sinnlos war. Sie trug den Kopf hoch, und ihr

Gang war wie der ihrer Mutter, flink und graziös. Ab und zu blieb sie stehen und schaute sich um, als wüsste sie, dass ich ihr folgte.

Ich wusste, dass ich nur ihren Namen zu rufen brauchte, und sie würde versuchen, in meine Richtung zu laufen. Aber die Männer würden sie einholen. Dannsair war gerade erst entwöhnt worden; wir hätten ihre Pferde im Wettlauf nicht besiegen können.

Wie so oft in Conalls Stall stellte ich mir vor, wie es wäre, wenn Dannsair erwachsen wäre und mich schnell wie der Wind davontragen könnte, so schnell, dass niemand uns wo auch immer gegen unseren Willen festhalten könnte, nie wieder!

Die Spuren der Reiter führten einen Pfad entlang, der allmählich breiter wurde. Schließlich teilte er sich in zwei Wege, die nebeneinander herliefen. An dem Tag sah ich in der Ferne vier Karren.

Die Wege bei uns zu Hause waren schmal, nicht einmal breit genug für zwei Personen, geschweige denn für zwei Pferde. Später am Tag roch ich bitteren Rauch aus einer Schmiede. Wir schienen uns Athenry zu nähern.

Meinen ersten Blick auf die Burg erhaschte ich zwischen den Ästen einer Stechpalme. Ich war hinaufgeklettert, um zu sehen, in welche Richtung der Baron und seine Männer ritten, und herauszufinden, ob ich ihnen dicht auf den Fersen bleiben oder mich lieber zurückfallen lassen sollte. Zwischen den steifen, stacheligen Blättern der Stechpalme hindurchspähend, sah ich sie ein weites Feld voller Spätsommergras durchqueren. Die Reiter, die Dannsair von mir wegführten, bewegten sich auf ein Tor in der Stadtmauer von Athenry zu.

Die Burg versetzte mich in Staunen. Wie mein Vater gesagt hatte, ragte sie weit aus der Stadtmauer heraus. Aus der Ferne sah sie aus wie ein kleiner Kreis, der aus einem größeren Kreis herauswuchs. Ihre Mauern waren noch ein gutes Stück höher als die Stadtmauern und dicker. Es war das größte Gebäude, das ich je gesehen hatte. Es schien beinahe unmöglich, dass man Steine so hoch stapeln konnte, ohne dass sie wieder zusammenstürzten. Es lag eine merkwürdige abschüssige Mauer um den Sockel der Burg, wie eine Riesenschürze aus glattem Stein.

Das Tor war bestimmt breit genug, dass zwei Reiter nebeneinander hindurchreiten konnten. Ich sah die spitzen Bögen der Türen und Fenster der Abtei und die vielen Häuser inmitten der von der Stadtmauer umschlossenen Wiesen und Felder. Auch zwei langgestreckte Gebäude noch hinter den Häusern, nicht weit von der Burg, konnte ich erkennen. Das mussten Ställe sein, wie ich sie bei Conall kennengelernt hatte.

Der Baron und seine Männer näherten sich dem Tor in der Stadtmauer, und mir stiegen Tränen in die Augen. Das war das Ende meiner Reise.

Sie nahmen Dannsair mit an einen Ort, an den ich ihnen nicht folgen konnte. Die Stute bäumte sich auf, als die Flügel des gewaltigen Tors sich öffneten. Die Männer lachten offenbar über sie, jedenfalls sah ich zwei von ihnen die Oberkörper zurückwerfen und mit den Fingern auf sie zeigen. Sie wieherte und zerrte am Halfter, weil sie zurückschauen wollte zum Waldrand, zu mir.

Sie wusste, dass ich da war, das glaube ich fest. Sie wusste es die ganze Zeit. Sie konnte riechen oder ahnen, dass ich da war – oder sie kannte mich gut genug, um zu wissen, dass ich sie nie allein in der Hand von Fremden lassen würde.

Als ich ihr nicht antwortete, drehte sie sich um und ging still durchs Tor. Als die Flügel des Tores sich schlossen, dachte ich, mir müsste das Herz stehen bleiben. Ich musste einen Weg durch dieses schwere Tor finden.

## Kapitel drei

*Ich bin wieder an einem dunklen Ort mit vielen Pferden. Es gibt genug zu essen für uns alle, scheint mir, aber ich bin einsam und erschrocken. Warum kommt meine Mutter nicht?*

Bevor die Sonne unterging, fand ich einen kleinen Bach, aus dem ich trinken und in dem ich mich waschen konnte. Aus Gras machte ich mir ein Lager auf einer kleinen geschützten Lichtung. Am Ufer fand ich eine Stelle, wo Kresse wuchs, und ich aß mein allerletztes Bröckchen Käse. Dann fiel ich auf mein Lager, und bevor ich noch Zeit hatte, mir über irgendetwas Sorgen zu machen, war ich eingeschlafen.

Am nächsten Morgen ging ich zu dem Baum zurück und kletterte noch höher hinauf als am Tag zuvor, damit ich die Burg von Athenry und die Stadt, die um sie herum entstanden war, noch besser einsehen konnte.

Es gab mehrere Tore in der Mauer; ich konnte

zwei auf meiner Seite erkennen, und wahrscheinlich gab es noch ein oder zwei weitere auf der anderen. Ich sah, wie die Wachen erst einen Händlerkarren einließen und dann vier Jäger, die mit Rotwild über dem Sattel ihres Lastpferdes zurückkehrten.

Ich beobachtete staunend, wie die Stadt erwachte. Menschen liefen auf den Wegen zwischen den Häusern, arbeiteten in den Gärten und auf den Feldern hinter den Häusern und versammelten sich auf dem großen Platz, der der Marktplatz sein musste. Es lebten mehr Menschen in und um Athenry herum, als ich es mir je hätte vorstellen können. Sie konnten unmöglich zu nur einem Clan gehören.

Die Burg war nicht das einzige riesige Gebäude aus Stein, genau wie mein Vater gesagt hatte. Da war die Abtei der Mönche und Priester, die ich schon am Vortag gesehen hatte, und jetzt entdeckte ich auch Männer, Steinmetze wohl, die Wände für etwas errichteten, von dem ich vermutete, dass es die neue Kirche war, von der Vater berichtet hatte.

Ich wusste, dass der Baron von Athenry ein Normanne war, der mit Erlaubnis des Königs aus England gekommen war, um uns zu regieren. Ich konnte viele Normannen innerhalb der Mauern sehen. Aber viele der Menschen in Athenry sahen auch aus wie Iren. Sie mussten in den geweißten Häusern der Stadt leben, jedenfalls gingen sie dort aus und cin.

Die Normannen waren selbst aus der Ferne an ihren Beinkleidern und bunten Hemden zu erkennen. So hatte ich sie gesehen, wenn sie durch die Wildnis von Connaught streiften.

Ich war hungrig und beneidete sie. *Sie* mussten ihre Streifzüge nie mit leerem Magen unternehmen. Mehr als einmal hatten sie von ihrem Recht als Verwandte des Barons von Athenry Gebrauch gemacht und unsere Gastfreundschaft in Anspruch genommen. Und oft hatten sie viel zu viel von unseren wertvollen Vorräten aufgegessen, bevor sie weiterreisten. Die Normannen selbst waren gegenüber Reisenden nicht so gastfreundlich, wie ich wenig später beobachten konnte, als Bettler kamen und von den Torwachen mit Stockhieben davongejagt wurden.

Ich erschrak, als ich es sah.

Denn ich sah nicht viel anders aus als diese armen Menschen: schmutzig und in Lumpen gekleidet. Es waren meist Erwachsene, wenn nicht Alte, aber ein paar von ihnen waren auch so jung wie ich.

Ich saß auf der Stechpalme, mit dem Rücken gegen den Stamm gelehnt und fest in meine Kleider gewickelt, um mich vor den stacheligen Blättern zu schützen. Es war nicht bequem, aber es war ein schöner Baum; er reichte fast bis in den Himmel.

Die in Athenry arbeiteten, waren Iren. Ich wusste, dass es dort Schmiede und Steinmetze gab. Auch Knochenschnitzer musste es geben, denn ich sah Berge von Geweihen und Schädeln vor einigen Häusern. Auch Stoffballen sah ich, die auf Karren transportiert wurden; natürlich gab es Spinner und Weber in Athenry.

Am Tag darauf sah ich die Jagdgesellschaft des Barons vorüberreiten. Später am selben Tag sah ich die Bewohner Athenrys feiern. Es war das erste Fest von *Samhain*, das ich allein verbrachte, und ich wünschte mir, es würde das letzte sein. Ich weinte vor Heimweh und Hunger, als es den Essensgeruch zu mir herüberwehte. Vielleicht bildete ich mir aber auch nur ein, ihn zu riechen.

Das Fest in der Stadt schien mir stiller zu sein als bei uns zu Hause. Es gab zwar Feuer, aber sie waren klein. Und ich hörte keinen Laut, obwohl so viele Menschen dort versammelt waren. Ich sah einen Priester, der in der Dämmerung die Abtei verließ; seine lange schwarze Robe flatterte im Wind. Der Sommer wehrte sich so leise gegen den Winter, wie ich es noch nie erlebt hatte. *Gam* hatte begonnen; bald würde es kalt werden.

Ich hatte noch nie normannische Mädchen oder Frauen gesehen. Am sonnigen Morgen nach dem Fest trat eine Gruppe von ihnen Arm in Arm aus dem Tor, durch das Dannsair gegangen war. Aus der Ferne sahen sie wie im steifen Herbstgras verstreute Blumen aus. Sie trugen Kleider in Farben und Formen, die ich mir nicht einmal im Traum hätte vorstellen können, Gewänder aus so dünner Seide, dass sie in der Luft zu schweben schienen, wie Blätter auf dem Wasser schwimmen. Weite Ärmel reichten von ihren Ellbogen fast bis zum Boden. Sie trugen auch Hüte aus Seide und Schals aus feiner Wolle.

Ich starrte sie an, während sie lachten und redeten und keinen halben Steinwurf von meinem Versteck entfernt vorüberliefen.

Eine von ihnen beschwerte sich, dass sie Blutwurst machen lernen sollte. Eine andere beklagte sich über einen bösen Vetter. Wenn sie redeten, klangen sie wie alle anderen Mädchen, die ich kannte. Dann hörte ich, wie die mit den blondesten Haaren fröhlich sagte, dass sie bald das Reiten anfangen wolle. Das verwirrte mich. Ritten normannische Mädchen? Ritten sie sogar zum Spaß? *Durften* sie es?

Viel zu schnell waren sie an mir vorbei, drei von ihnen untergehakt und die Köpfe zusammengesteckt, um über irgendetwas zu tuscheln. Ihr fröhliches Lachen machte mir das Herz schwer vor Trauer. Ich vermisste meine Mutter. Ich vermisste Bebinn und Gerroc und Magnus und alle anderen meines Clans. Mir stiegen die Tränen in die Augen.

So gerne hätte ich Bebinn und Gerroc von Dannsair erzählt! Auch von Fallon wollte ich ihnen erzählen, wie ihre Liebe zu Brian aus ihr eine viel freundlichere Person gemacht hatte. Ich wollte Bebinn flüsternd gestehen, dass ich Cormac mochte – obwohl es unmöglich war, bei unseren Vätern. Es wäre schon für Fallon schwierig genug. Mein Vater würde seiner Schwester nie erlauben, dass sie einen Feind heiratete – und noch viel weniger seiner Tochter.

Ich weinte lange vor Einsamkeit. Was hatte ich nur getan, dass ich so weit weg von zu Hause sein musste, so weit weg von meiner Familie? Dann fragte ich mich, was wohl die fein angezogenen normannischen Mädchen denken würden, wenn sie mich in meinem schmutzigen, zu kurz gewordenen Gewand und mit meinen hässlichen abgerupften Haaren sahen, und ich weinte noch ein bisschen mehr.

In der Nacht lag ich wach. Ich lauschte dem Bach und schaute durch die Äste der Bäume nach den Sternen. Mein Magen knurrte vor Hunger, und ich war Dannsair nicht viel näher, als wenn ich ihr gar nicht gefolgt wäre.

Am nächsten Tag beobachtete ich, wie zwei Karren durchs Tor fuhren. Sie waren mit Dingen beladen, die aussahen wie die Abgaben eines Clans. Ich sah in Tücher eingeschlagene Käselaibe, Säcke mit Getreide und Hühner in einem hölzernen Käfig.

Zum ersten Mal in meinem Leben fragte ich mich, wie viele Clans dem Baron von Athenry wohl Abgaben entrichten mussten. Wie groß waren wohl die Lagerräume in der Burg? Mussten die Normannen von Athenry jemals Hunger leiden? Starben im Winter auch hier Menschen, weil sie nicht genug zu essen hatten?

Noch am selben Tag wusch ich mein schmutziges Gewand. Überall hatte es Risse und kleine Löcher. Es war schon abgenutzt gewesen, als ich bei Conalls Ställen ankam. Jetzt sah es noch viel schlimmer aus. Büsche und Dornenhecken hatten es übel mitgenommen.

Ich wrang es aus und trug es zum Trocknen auf dem Körper. Aus Sehnsucht nach etwas Farbe riss ich drei lange, dünne Streifen von dem gelben Stoff und flocht sie zu einem Gürtel. Von dem Umhang, der der gelbe Stoff einmal gewesen war, war kaum noch die Hälfte übrig. Ich hatte das Fohlen damit trocken gerieben und Streifen davon abgerissen, um Dannsairs erstes Halfter zu flechten. Auch ein Haarband hatte ich mir daraus gemacht. Was jetzt noch davon übrig war, war weich, aber immer noch fest. Der geflochtene Gürtel war grob, aber er verdeckte zwei der schlimmsten Risse des Gewands.

Sauber zu sein hob meine Stimmung.

Aber es löste nicht mein Problem.

Ich war so hungrig, dass ich bald schwach werden würde, dessen war ich mir bewusst. Es war nur eine Frage der Zeit, bis einer der Jagdhunde des Barons den Geruch eines Fremdlings wahrnahm und die Jäger zu mir führte. Dann hätte ich keine Möglichkeit zur Flucht.

Ich musste einen Weg finden, eins der Tore von Athenry zu passieren. Wenn die Mädchen noch einmal einen Spaziergang machten, konnte ich sie vielleicht ansprechen und ihnen die Sache mit Dannsair erklären. Aber würde eine von ihnen mir helfen? Wahrscheinlicher war, dass sie ihren Vätern von mir erzählten und man mich einfing.

Ich wurde von Stimmen aus meinen Gedanken gerissen, die aus der Tiefe des Waldes zu mir drangen. Ich rannte, um meinen Mantel zu holen und das Gras meines Nachtlagers zu zerstreuen. Ich hatte gerade noch Zeit, auf die untersten Äste der Stechpalme zu klettern, bevor zwei Jungen auf der Lichtung erschienen. Ich saß ganz still und das Herz schlug mir bis zum Hals.

## Kapitel vier

*Ich warte immer auf die sanfte Stimme meiner Mutter, auf ihre sanften Hände. Es gibt hier genug zu essen, und zum Glück sind viele andere Pferde in meiner Nähe. Aber werde ich für immer hierbleiben? Werde ich nie wieder meine Mutter sehen?*

Es waren Normannen; sie trugen Beinkleider und dunkelrote Mäntel, die ihre Knie bedeckten. Der ältere der Jungen sah wütend und böse aus. Der jüngere versuchte, nicht zu weinen. Es war deutlich, dass er auch böse war; er atmete so heftig, dass er kaum gerade stehen konnte. Trotzdem gelang es ihm, sieben Schweine voranzutreiben, indem er ihnen mit einer Gerte aus einem geschälten Eichenzweig leichte Klapse gab.

»Du bist gerannt, als du den Wolf gesehen hast«, hielt ihm der ältere Junge vor.

»Bin ich nicht«, verteidigte sich der jüngere. »Ich wollte nur die Schweine retten.«

»Niall!«, rief der ältere. »Noch ein Wolf!«

Der jüngere fuhr schnell herum – und der ältere lachte hämisch. Dann machte er ein ernstes Gesicht. »Wenn du Vater erzählst, dass ich ein Nickerchen gemacht habe, sag ich ihm, dass du vor Schatten im Wald Angst hast.«

Der jüngere sah ihn sauer an. »Du machst *nie* deinen Teil der Arbeit.«

Der ältere Junge zuckte mit den Achseln. »Willst du, dass er erfährt, dass du ein Feigling bist, Niall?«

»Ich bin kein Feigling«, murmelte Niall leise.

Ich verstand, wie er sich fühlte. Meine Tante Fallon war ihr ganzes Leben lang schlecht zu mir gewesen. Sie war nur fünf Jahre älter als ich und auf die Welt gekommen, als meine Großmutter schon recht alt war.

Niall sah den älteren Jungen an. »Ich werde Vater erzählen, dass du schläfst, während ich arbeite.«

Das Gesicht des älteren Jungen verdüsterte sich. Plötzlich rannte er vorwärts und schrie und wedelte mit den Armen. Erschrocken stoben die Schweine auseinander. Sie rannten quiekend los und verschwanden zwischen den Bäumen.

Grinsend sagte der ältere Junge zu Niall: »Erklär das Vater. Ich werde ihm erzählen, dass ich die

Wölfe verjagt habe und dass du die Schweine verloren hast, weil du weggerannt bist und wie ein Wickelkind geheult hast.«

Dann ging er davon. Niall blieb stehen, und an seinen zuckenden Schultern konnte ich sehen, dass er kurz davor war zu weinen. Ich wollte in meinem Versteck bleiben, bis er gegangen war, aber mein rechter Fuß rutschte von dem Ast, auf dem ich stand, und ich musste mich an knackende dünne Zweige klammern, damit ich nicht stürzte.

Niall drehte sich um und schaute zu mir herauf. Seine Augen wurden größer, er starrte mich an.

»Wer bist du?«

Ich hatte keine Ahnung, was ich sagen sollte.

»Wer bist du?«, wiederholte er. »Ich hab dich noch nie gesehen.«

»Ich helfe dir, die Schweine zu finden«, sagte ich.

Er starrte mich weiter an.

»Du wohnst nicht in Athenry, oder?«

»Ich bin aus dem Westen gekommen«, sagte ich und kletterte zu ihm hinunter. »Ich bin kurz davor zu verhungern und hoffe, dass ich in Athenry Arbeit finden kann«, fuhr ich fort. »Ich bin kein Bettler«, fügte ich noch hinzu, dann hielt ich den Mund. Ich wollte ihm meine Geschichte nicht erzählen. Sie war zu lang und zu merkwürdig. Er würde mir nicht glauben – und wenn doch, würde er mich vielleicht verraten.

»Hilf mir, alle unsere Schweine zu finden, und ich sorge dafür, dass du heute Abend in Athenry zu essen bekommst«, sagte Niall.

Ich blinzelte überrascht. »Ich habe dir meine Hilfe angeboten und keine Belohnung dafür erwartet«, sagte ich. »Aber ich danke dir. Kannst du wirklich dafür sorgen?«

Er reckte sich. »Ich kenne alle Wachposten.« Er sah mir in die Augen. »Da, wo du herkommst, schwören da die Jungen Eide und geben sich die Hand darauf?«

Ich nickte. Ich hatte es meine Brüder tun sehen.

»Gibst du mir dann dein Wort? Dass du kein Schwein stehlen wirst? Dass du mir hilfst auf Ehre und Gewissen?«

Ich nickte wieder. »Du hast mein Wort.«

Er trat vor und streckte mir seine Hand entgegen. Er packte die meine und hob sie hoch und sah mir direkt in die Augen. »Und du hast meins. Du hilfst mir, und ich sorge dafür, dass du im Hause meines Vaters ein Abendessen bekommst.«

Ich konnte nichts dafür, aber ich war so verlegen, dass ich meine Hand ein wenig sinken ließ. Ich hoffte, er würde es nicht bemerken. Wegen meiner kurz geschorenen Haare und meines zu klein gewordenen, nur noch knielangen Gewands dachte er, dass ich ein Junge sei. Und weil er es dachte, hatte er mich um mein Ehrenwort und einen Eid gebeten. Ich hatte nicht vor, ihm seinen Irrtum zu erklären. Es war meine unverhoffte Chance, nach Athenry zu kommen.

Es dauerte nicht lange, bis wir die Schweine fanden. Der Wald war voller umgestürzter Bäume, und die Tiere waren nicht weit gerannt, bis sie vernünftigerweise stehen geblieben waren. Schweine sind nicht dumm. Ich fand sieben Schweine, eines davon eine junge Sau in einem Haselnussstrauch, die sich nicht antreiben lassen wollte, bis sie merkte, dass alle anderen Schweine in dieselbe Richtung liefen.

Niall fand sechs. Er lächelte und bedankte sich wärmstens bei mir. Er hatte jetzt ein Schwein mehr als am Morgen, als er losgegangen war, ein wildes, das wir zusätzlich eingefangen hatten. Das würde seinem Vater gefallen, sagte er.

Als wir über das weite Feld auf Athenry zugingen, war leicht zu sehen, welches das wilde Schwein war. Es war die junge Sau, die ich in dem

Haselnussstrauch gefunden hatte. Auf halbem Wege war sie nicht mehr damit einverstanden, dass wir sie übers baumlose Feld trieben. Niall und ich mussten ein ums andere Mal rennen, um ihr den Fluchtweg abzuschneiden, während der Rest der Herde gutmütig vorwärts trottete. Bis wir das Tor erreichten, lachten die Wachposten Tränen über uns.

Niall nickte ihnen zu, als wir an ihnen vorübergingen. Ich sah, wie einer von ihnen mich musterte, aber er sagte nichts.

Mein Herz tat einen Satz. Dannsair war hier irgendwo. Jetzt würde ich sie finden. Ich atmete tief und ruhig ein und merkte dann, dass Niall mich beobachtete.

»Erzählst du mir eines Tages deine Geschichte?«

Ich sah ihn nur an.

Er berührte das letzte Schwein leicht mit seinem Stock und warf mir dann einen neuerlichen Blick zu.

»Wie du hierher gekommen bist, meine ich.«

»Es ist eine langweilige Geschichte«, sagte ich und hoffte, er würde es dabei bewenden lassen.

Aber er schüttelte den Kopf.

»Das glaube ich kaum.« Er seufzte. »Ich werde nie etwas anderes sehen als Athenry, jedenfalls wenn es nach meinem Vater geht. Und das wird es natürlich.«

Ich senkte den Kopf und konzentrierte mich darauf, die wilde Sau bei den anderen zu halten.

»Er will, dass ich Kämmerer beim Baron von Athenry werde. Damit verdient er selbst unser Brot. Er zählt die Weizengarben, die Hühner, die Ellen von Stoff, die Körbe mit Haselnüssen und was die Leute dem Baron noch alles bringen.«

Ich nickte, damit er sah, dass ich ihm zuhörte, aber um ehrlich zu sein, war Athenry so voller Lärm und Düfte und bunter Bilder, dass ich es nicht wirklich tat. Es gab so viele Stimmen, so viele Leute, die in so viele Richtungen gingen – aber was ich vor allem anderen sehen wollte, war meine mondfarbene Stute.

»Mein Vater zählt Dinge. Den ganzen Tag.« Niall sagte es leise, und in seiner Stimme war so viel Angst, dass ich endlich begriff: Noch mehr als vor seinem bösen Bruder fürchtete Niall sich vor der Langeweile.

Unser Weg führte uns zur Rückseite der Burg, nah genug, dass wir die glatten, steilen Mauern sehen konnten. Ihr Zweck war eindeutig. Kein Angreifer konnte dort eine Leiter anstellen oder gar hinaufklettern.

Die Burg war *gewaltig* – noch viel höher und größer, als es aus der Ferne den Anschein hatte. Ich fühlte mich wie eine Ameise, die an einer großen Eiche hochsah.

Niall und die Schweine gingen zu schnell, als dass ich Zeit gehabt hätte, mir alles in Ruhe anzuschauen. Die hohen steinernen Stützpfeiler der Abtei, die Kirche, die im Entstehen war – alles brachte mich zum Staunen.

Ich rannte fast, um mit Niall Schritt zu halten, und mein kleiner schmerzender Magen erinnerte mich daran, dass er ein Abendessen bekommen sollte. Wie hoffte ich, dass Niall es ehrlich meinte! Aber auch wenn nicht, war ich überglücklich, endlich innerhalb der Tore von Athenry zu sein. Wir bewegten uns durch einen wahren Irrgarten von Wegen zwischen den Häusern, die denen zu Hause ähnlich, aber größer und, wie soll ich sagen: respektabler waren. Ja, respektabler.

»Sag mir wenigstens deinen Namen«, sagte Niall.

Ich schaute gerade ins Haus eines Webers, wo lange Spulen von gesponnener Wolle und Flachs an den Wänden hingen. Ich drehte mich zu Niall um. Ich war so dumm. Es war doch zu erwarten gewesen, dass er mich irgendwann nach meinem

Namen fragte. Jeder hätte das getan. Und ich hatte keine Sekunde darüber nachgedacht, was ich dann antworten würde.

Er fing meinen Blick ein. »Es ist wegen meinem Vater. Er wird es wissen wollen.«

Ich nickte und überlegte verzweifelt. Natürlich konnte ich ihm nicht meinen richtigen Namen sagen. Ich brauchte einen Jungennamen. Nach einer langen und verlegenen Pause lieh ich mir den meines jüngsten Bruders.

»Trian«, sagte ich so, als hätte ich nur aus Vorsicht eine Pause gemacht und nicht aus Verwirrung.

Niall nickte und zeigte nach vorn. »Da. Das ist das Haus meines Vaters.«

Ich hielt den Atem an. Das Haus war drei- oder viermal so groß wie das meines Vaters. Es gab einen Stall für die Schweine und einen anderen, längeren, in dem wahrscheinlich Kühe standen, vielleicht auch ein Pferd oder zwei. Es gab einen kleinen Garten vor dem Haus, und ich sah zwei junge Mädchen Unkraut jäten. Der Anblick verursachte mir Heimweh. Ich konnte den Blick nicht von den Mädchen wenden.

»Hast du irgendwas?«, hörte ich schließlich Niall sagen.

Ich schüttelte den Kopf und machte meine Schultern breiter, wie ein Junge es in meiner Lage getan hätte. »Bringen wir die Schweine in den Stall?«

»Nein.« Niall zeigte auf eine Umzäunung hinter dem Stall. So etwas hatte ich noch nicht gesehen. Man hatte nicht glatte Äste so dicht beieinander in die Erde gesteckt, dass die Schweine nicht hindurchschlüpfen konnten, sondern dickere Pfosten benutzt, die eine Armlänge voneinander entfernt standen. Und zwischen die Pfosten waren getrocknete Binsen geflochten, so dass der Zaun wie Korbgeflecht aussah. Es gab darin sogar eine Tür, die an ledernen Scharnieren befestigt war.

Die wilde Sau hatte erst schreckliche Angst, und ich fürchtete schon, sie könnte den geflochtenen Zaun einrennen und sich davonmachen, aber sie tat es nicht. Sie begann stattdessen, die Erde nach etwas Essbarem umzugraben.

»Vielleicht ist sie ja in einem Stall groß geworden und dann erst in die Wildnis geflüchtet«, sagte ich.

»Gut möglich«, sagte eine Männerstimme hinter uns.

Ich drehte mich erschrocken um und sah einen

großen Normannen, der einen feinen, langen irischen Umhang über dem Hemd und den Beinkleidern trug. Es war merkwürdig, normannische und irische Kleider so gemischt zu sehen. Ich merkte, dass ich ihn anstarrte, und wandte mich ab.

»Wo hast du sie gefunden, Niall?«, fragte der Mann.

»Fintan hat die Schweine im Wald erschreckt, und Trian hat mir angeboten, sie suchen zu helfen.«

Der Mann nickte und ich fühlte seinen Blick auf mir ruhen. Ich machte wieder meine Schultern breit und stemmte die Füße fest in den Boden, wie es meine Brüder taten.

»Wo kommst du her, Trian?«, fragte er. »Wo ist deine Familie?«

Ich hörte, wie Niall sich räusperte. Er schaute zu seinem Vater, runzelte die Stirn und machte ein trauriges Gesicht. »Er hat seit Tagen nicht mehr richtig gegessen«, sagte er.

Sein Vater schien kein Mitleid zu haben. »Noch ein irisches Waisenkind«, sagte er.

Ich hielt still. Es war offensichtlich, dass er keine sehr hohe Meinung von den Iren hatte. Wusste er, wie viele Iren umgekehrt die Normannen hassten?

»Zu viele ihrer Clans bekommen nicht mal ihre eigenen Kinder satt«, fügte er hinzu. In seiner Stimme schwang Verachtung.

Das machte mich wütend.

Es war richtig, dass wir in manchen Wintern fast verhungerten, aber nicht, weil wir nicht hart arbeiteten und mit jedem Bissen so sparsam umgingen, wie es nur möglich war. Der Grund, weshalb wir in den kalten Monaten des *Gam* so wenig zu essen hatten, waren die Abgaben, die wir den Normannen entrichten mussten. Wie oft hatte ich das meinen Vater sagen hören!

»Vater?«, unterbrach Niall die Stille. »Ich habe Trian mein Ehrenwort gegeben – und er ist sehr hungrig.«

Nialls Vater lächelte. »Nimm ihn mit zu deiner Mutter. Morgen muss er sich andere Arbeit suchen. Ich kann nicht noch einen Jungen gebrauchen.«

Ich verabscheute es, wenn man über mich redete, als wäre ich ein Hund, der nicht verstand, was über ihn gesprochen wurde. Trotzdem bedankte ich mich bei Nialls Vater und folgte dann Niall ins Haus. Seine Mutter gab mir eine Schüssel Hafergrütze und ein halbes hart gekochtes Ei, dann fuhr sie mit ihrer Arbeit fort und beachtete mich nicht mehr. Ich aß wie ein Wolf, mit schnellen riesigen Bissen. Als sie sah, dass ich die Schüssel sauber geleckt hatte, gab sie mir eine zweite Portion.

Danach machte ich den Hühnerstall sauber, und später am Abend fütterte sie mich noch einmal. In der Nacht schlief ich neben dem Hühnerstall auf einem Haufen sauberen Strohs, über mir der warme Mantel, den Cormac mir gegeben hatte. Ich schlief so tief, dass nicht einmal die Hähne von Athenry mich weckten. Ich erwachte erst, als die Sonne schon hoch am Himmel stand.

# Kapitel fünf

*Es ist so anstrengend, den ganzen Tag an diesem Ort zu stehen, wo nicht genug Platz zum Rennen und zum Spielen ist. Ich kann es regnen hören. Ich kann es riechen. Wenn meine Mutter hier wäre, würden wir zusammen durch den Regen laufen.*

Ich verabschiedete mich von Niall und seiner Mutter. Sie waren freundlich, aber Niall machte mich nervös. Er war zu neugierig, zu erpicht, von meinen Reisen zu hören – und sein Vater arbeitete für den Baron. Als ich mich für ihre Liebenswürdigkeit bedankte, ertappte ich Niall wieder dabei, wie er mich anstarrte – mich *beobachtete*. Ich machte mir Sorgen, dass er längst vermutete, dass ich kein Junge war – oder wenigstens kein gewöhnliches Waisenkind, das der Hunger zwang, sich in gefährliche Abenteuer zu stürzen. Ich glaube nachträglich, dass er in mir gern etwas Aufregendes sehen *wollte*, eine Gestalt aus einer

Geschichte, die man spät am Abend am Feuer erzählen konnte.

Ich wollte nicht, dass er mein Gesicht betrachtete und Fragen stellte, nach Hinweisen suchte. Wenn er wirklich vermutete, dass ich ein Mädchen war, würde er es wahrscheinlich auch anderen erzählen. Und diese anderen würden es wieder anderen flüstern. In meinem eigenen Clan galoppierten geflüsterte Geschichten schneller als das schnellste Pferd.

Oder noch schlimmer: Wenn mir gelang, was ich in Athenry vorhatte – ich also mit Dannsair floh –, dann konnte er die kleinen Dinge, die ich ihm erzählte, zu einem großen Bild zusammensetzen und so herausfinden, woher ich kam. Der Baron von Athenry konnte meinem Clan und meiner Familie Schreckliches antun, wenn er mit mir böse war.

Niall wollte ein Leben voller Abenteuer. Ich nicht. Ich wollte nur wieder in Dannsairs Nähe sein, mich um sie kümmern und einen Platz finden, den wir beide ein Zuhause nennen konnten.

Nachdem ich Nialls Haus verlassen hatte, lief ich zwei Tage lang die krummen Wege zwischen den Häusern von Athenry ab, immer auf der Suche nach Dannsair. Ich gab mir Mühe, niemanden zu belästigen, bloß nicht den Eindruck zu erwecken, dass ich betteln wolle.

Aber es war schwer.

Mein Gewand war zu klein und schäbig, und der Gürtel, den ich mir geflochten hatte, begann schon zu zerfleddern. Mein Umhang sah, weil er dunkelbraun war, ein wenig besser aus – ich zog ihn eng über meiner Brust zusammen. Ich sah normannische Frauen mich mustern und dabei die Stirn runzeln. Aber ich sah sie auch wegen anderer irischer Kinder die Stirn runzeln, besonders wegen solcher, die schlecht gekleidet waren.

Ein paarmal sah ich auch Niall; aber dann winkte ich ihm nur zu und ging schnell in eine andere Richtung davon. Einmal bog ich auch flink um die Ecke, bevor er mich überhaupt sah. Ich fragte mich, wie die Geschichte zwischen ihm und seinem Bruder weitergegangen war, hätte gern gewusst, wem sein Vater geglaubt hatte. Ich wünschte Niall, dass alles gut für ihn ausgegangen war. Unter anderen Umständen wäre ich gern sein Freund gewesen. So wie die Dinge lagen, konnte ich es nicht sein.

So merkwürdig es klingen mag, aber es gelang mir nicht, die Ställe des Barons ausfindig zu machen. Dabei hatte ich doch von der Stechpalme diese beiden langgestreckten Gebäude gesehen. Ich fürchtete schon, dass ich mich getäuscht hatte. Dass die Pferde gar nicht in der Stadt gehalten wurden, sondern hinter den hohen Mauern der Burg.

Wenn es so war, gab es nichts, was ich tun konnte. Ich hatte mir die Tore der Burg angeschaut. Zu jeder Zeit standen dort Wachposten, und die Tore wurden nur geöffnet, um Soldaten, Wachen oder Gäste des Barons durchzulassen.

Schließlich fasste ich mir ein Herz und fragte einen alten, schlecht gekleideten Mann, wo der Baron seine Pferde halte. Er lächelte und zeigte auf den hinteren, noch jenseits der Burg verlaufenden Teil der Stadtmauer. Ich fühlte augenblicklich, wie Verzweiflung mich niederdrücken wollte.

Es gab dort eine hohe Einzäunung, die ein großes Stück Land auf der Südseite der Stadt umschloss. Ich hatte sie gesehen und gedacht, dass dahinter Getreidefelder lagen und man den hohen Zaun gebaut hatte, um die Kühe und Schweine davon fernzuhalten. Nun wusste ich, dass es das Tor zu den Stallungen des Barons war.

Der Zaun war von der Sorte, die ich kannte, aus geschmeidigen Ästen von der Stärke eines Frauenarms gebaut, die so dicht beieinander in der harten Erde steckten, dass niemand hineinsehen und nur Mäuse sich hindurchquetschen konnten.

Es gab ein Tor im Zaun – aber nur eins. Der Baron von Athenry schien vorsichtig zu sein, was seine Pferde betraf. Ich ging über eine Wiese hinter den letzten Häusern von Athenry nahe genug zu dem Tor, um zu sehen, dass auch davor ein Wachposten stand.

Ich brauchte drei oder vier Tage, um meinen Mut zu sammeln, dann ging ich zu dem Wachposten hin. Ich fragte ihn höflich, ob ich vielleicht für ein Stück Brot am Tag die Ställe saubermachen dürfe.

Er zuckte mit den Achseln. »Da musst du den Stallmeister fragen, nicht mich.«

»Wo könnte ich ihn wohl finden, Sir?«, fragte ich, den Blick gesenkt und mit höflicher Stimme.

»Er hat nichts übrig für Bettler«, sagte der Wächter, »aber frag ihn nur, wenn du dich traust. Er kommt jeden Morgen gleich nach Sonnenaufgang. Er ist groß und hat hellbraune Haare.«

Ich bedankte mich bei ihm und ging mit schmerzendem Herzen. Ich hatte so sehr gehofft, wenigstens einen Blick auf Dannsair zu erhaschen. Ich konnte meine Tränen nicht zurückhalten und weinte noch, als ich die Häuser der Stadt erreichte.

Drei normannische Jungen, die saubere bunte Hemden trugen, bemerkten, dass ich weinte. Sie lachten und riefen mir Beleidigungen hinterher. Ich schenkte ihnen keine Aufmerksamkeit, bis sie mit Steinen warfen. Da rannte ich davon. Ich konnte sie noch lange lachen hören.

Es war merkwürdig. Sie nannten mich eine Heulsuse, ein Mädchen und meinten es als Beleidigung. Ich wusste, dass sie es taten, weil sie mich für einen Jungen hielten, den sie piesacken wollten, wie sie jeden Jungen gepiesackt hätten – dennoch kam es mir merkwürdig vor. Schließlich *war* ich ein Mädchen, und manchmal schien mir das Weinen genau das Richtige zu sein.

An dem Abend ging ich zum Haus des Webers, das ich an meinem ersten Tag in Athenry bemerkt hatte. Der Weber ließ mich die Flachs- und Wollreste vom Boden fegen und gab mir eine Schüssel Haferbrei. Dann schickte er mich weg.

Die Nacht verbrachte ich hinter einem Haufen Geweihe und Rinderknochen hinter dem Haus des Schnitzers. Ich ging im Dunkeln hin und war vor Sonnenaufgang wieder weg. Der Schnitzer hatte keine Hunde, dessen hatte ich mich eigens vergewissert; aber er sah furchterregend aus und ich hatte ihn nicht um Erlaubnis gebeten.

Am nächsten Tag half ich einer alten Frau trockene Erbsen schälen. Sie gab mir Brot dafür und gedünsteten Kohl. Ihr Garten war groß und ihre Familie klein. Sie sagte, ich könne in ihrer kleinen Gartenhütte bei den Ziegen schlafen, wenn ich jeden Tag Unkraut jätete.

Ich war froh um diese Abmachung. Die Ziegen waren zahm und lieb. Abgesehen davon, dass sie ständig an meinem Mantel knabbern wollten, waren sie eine nette Gesellschaft.

Jeden Morgen ging ich zu dem Tor. Aber erst am vierten Tag sah ich den Stallmeister. Ich lief auf ihn zu und wollte etwas sagen, als er die Hand zu einer abwehrenden Geste hob. Sie war so endgültig, dass ich genauso gut eine Fliege hätte sein können, die er verjagen wollte.

Der Wächter schüttelte den Kopf, als ich Hilfe suchend zu ihm hinsah, dann schlug er mir das Tor vor der Nase zu. Ich lief davon und versuchte, nicht schon wieder zu weinen. Ich wusste nicht, was ich als Nächstes tun sollte.

Sollte ich weiterhin versuchen, mit dem Stallmeister zu reden? Was, wenn er so wütend wurde, dass er mich aus der Stadt werfen ließ? Dass das mit Bettlern geschah, hatte ich ja schon gesehen.

Ich war *keine* Bettlerin. Ich konnte und wollte arbeiten. Ich hätte jede einzelne Hütte in der Stadt saubergemacht, wenn ich dafür nur Dannsair hätte sehen können. Aber genau das durfte ich niemandem erzählen.

Am nächsten Morgen suchte ich wieder Arbeit, gegen eine kleine Mahlzeit. Abends jätete ich wieder Unkraut und bezog meinen Schlafplatz in der Ziegenhütte. Am dritten Abend sah ich, dass das Unkraut in sieben oder acht Tagen geschafft wäre. Dann würde ich mich anderswo nach einer Unterkunft umschauen müssen.

Den drei normannischen Jungen und Niall ging ich aus dem Weg, wann immer ich sie sah. Nicht mehr lange, dann würden die kalten Regen des *Gam* einsetzen. Aber sooft ich konnte, schlich ich mich in die Nähe des Tors zu den Stallungen. Zweimal sah ich, wie es offen stand und ein Reiter herauskam, der drei junge Pferde mit sich führte. Das ergab einen Sinn. Die jungen entwöhnten Pferde brauchten Auslauf.

Beide Male ritt der Mann über die freie Fläche entlang der Stadtmauer und hielt sich von den Häusern und dem Lärm der Stadt fern. Er hielt direkt auf das Nordtor zu – das Tor, durch das ich mit Niall gekommen war.

Außerhalb der Stadtmauer ritt er erst ein Stück die Mauer entlang, dann schlug er einen großen Bogen nach rechts und wandte sich schließlich, dem natürlichen Lauf der welligen Landschaft folgend, nach links, hügelaufwärts, bis er über den Kamm des höchsten Hügels der Umgebung meinen Blicken entschwand.

Dass die Pferde ausgeführt wurden, gab mir Hoffnung. Wenn ich den Reiter lange genug beobachtete, würde ich sicherlich auch den richtigen Augenblick erwischen, wenn Dannsair an der Reihe war. Von da an verbrachte ich so viel Zeit wie irgend möglich in der Nähe des Nordtors.

Und eines Morgens, ich zählte den siebten Tag, erwischte ich den einen schönen Augenblick. Wie immer hielt ich den Atem an, als das Tor zu den Stallungen geöffnet wurde.

Dann sah ich Dannsair, ihren wunderbar stolz erhobenen Kopf, und das Herz hüpfte in meiner Brust. Sie war gewachsen! Ihre Flanken waren fest und voll und ihr Fell war sauber. Ein Felsblock fiel mir vom Herzen.

Als der Reiter Richtung Nordtor ritt, hielt ich den Atem an und biss mir auf die Lippen. Dannsair spielte und warf den Kopf nach hinten. Dann galoppierte sie nach vorn, und der Reiter musste sein eigenes Tier und die beiden anderen halbwüchsigen Pferde anfeuern, damit sie mit ihr Schritt hielten.

Ich konnte mich gerade noch beherrschen, dass ich nicht Dannsairs Namen rief. Ich wollte ihr seidenes Fell streicheln, ihren nach Gras duftenden Atem auf meiner Wange spüren. Ich wollte nach ihr rufen, um zu sehen, wie sie freudig auf mich zu galoppierte.

Aber natürlich durfte ich das nicht.

Ich durfte nur da stehen und aus der Ferne zuschauen, wie der Reiter mit ihr und zwei anderen Jungpferden durchs Tor ritt und den gewohnten Weg hügelaufwärts, bis sie über den Kamm des Hügels meinem Blick entschwanden.

Ich atmete aus und war alles gleichzeitig: erleichtert und zornig, traurig und glücklich. Ich stand breitbeinig, die Schultern gerade, wie ich es mir angewöhnt hatte. Ich sah aus wie ein Junge und musste trotzdem weinen.

Dann hörte ich wieder ihre Rufe und wusste, ohne mich umzudrehen, dass die drei normannischen Quälgeister mich entdeckt hatten. Diesmal konnten sie meine Tränen nicht sehen. Dafür nannten sie mich faul und fragten, warum ich nicht arbeitete, damit ich mir ein neues Gewand kaufen konnte.

Ich stand mit dem Rücken zu ihnen, hielt die Schultern gerade und benutzte das Ende meines Gürtels, um mir die Augen trocken zu wischen.

Ich wusste nicht, warum die Jungen nicht so oft weinten wie Mädchen; ich wusste nur, dass sie jeden Jungen aufzogen, der es tat. Also musste ich endlich lernen, nicht jedes Mal zu weinen, wenn meine Gefühle wie eine große Welle in mir aufstiegen, sonst würde noch jemand hinter mein Geheimnis kommen.

Die Jungen lernten, nicht zu weinen, also konnte ich es auch. Ich musste. Ich holte langsam und tief Atem, ließ mein Gesicht versteinern und ging davon. Die Jungen riefen hinter mir her, und ich schaute grimmig über die Schulter zurück. Sie jagten mich nicht.

Es regnete jetzt öfter; *Gam* breitete seine Kälte über das Land. Die Wege waren oft matschig. Viele Stadtleute besaßen lederne Schuhe und Beinkleider gegen die Kälte und Nässe, und ich beneidete sie darum. Es vergingen jedes Mal Tage, bis ich Dannsair wiedersehen konnte. Es zerrte an meinem Herzen, aber ich konnte nicht immer nur nach ihr Ausschau halten, sonst wäre ich verhungert.

Eine Zeitlang war es nicht schwer, jemanden zu finden, der einen Tag Arbeit gegen eine Mahlzeit tauschte. Doch bald wurde es schwieriger. Die Nächte wurden kalt, und die Menschen begannen, Vorräte für den langen Winter anzulegen. Es würde immer schwieriger werden, Arbeit zu finden, das wusste ich. Und irgendwann war es vielleicht unmöglich.

Ich hätte so gern einen Weg durch das Tor zu den Stallungen gewusst. Ich wünschte mir so sehr, ich hätte neben Dannsair schlafen können, wie ich es in Conalls Stall getan hatte. Ich hätte über den Zaun klettern können, aber wenn man mich dabei erwischte, musste ich mich vielleicht vor einem Gericht dafür verantworten. Die Strafen in Athenry waren schwer, das wusste ich von meinem Vater, und der Ankläger wäre kein Geringerer als der Baron selbst.

Das Mindeste wäre, dass ich Athenry für immer verlassen musste. Dann würde ich Dannsair nie mehr wiedersehen. Das war die schlimmste Strafe, die ich mir vorstellen konnte.

Es war zu gefährlich.

Ich brachte den Tagesablauf des Stallmeisters in

Erfahrung und wusste, wo ich nach ihm Ausschau halten musste. Manchmal ging ich ihm heimlich nach, wenn er auf dem Markt Früchte und Haselnüsse kaufte. Ich beobachtete ihn, wie er über die Wiese hinter den letzten Häusern zu der hohen Einzäunung ging, hinter der ich Dannsair wusste. Der Wächter öffnete das Tor, sobald er in die Nähe kam. Der Stallmeister war höflich zu den Menschen, mit denen er zu tun hatte, aber er lächelte selten.

Jedes Mal, wenn ich ihn sah, versuchte ich, all meinen Mut zusammenzunehmen, um ihn anzusprechen. Ich hatte Angst, es zu tun, das ist die ganze Wahrheit. Alles hing davon ab, wie er es aufnahm. Alles.

Jedes Mal, wenn ich ihn sah, konnte ich einfach nur dastehen und schauen. Ich spürte, wie sich mein Herz zusammenkrampfte. Ich war so weit gekommen und hatte so lange gewartet. Ich hatte es geschafft, in die Stadt zu gelangen, und so hart gearbeitet. Und doch hatte ich Dannsair noch nicht einmal berührt, hatte noch immer nicht meinen Arm um ihren Hals legen und sie umarmen können.

Die alte Brigit war es, die mich endlich rettete. Sie hatte graue Haare und nicht zu zählende Falten im Gesicht; aber ihre Augen und ihr Verstand waren so klar wie die einer jungen Frau. Sie hatte denselben Namen wie die allerliebste Heilige, und wenn ich sie nicht getroffen hätte, würde ich Dannsair wohl bis auf den heutigen Tag nur aus der Ferne anschauen.

# Kapitel sechs

*Ich darf jetzt öfter galoppieren. Ich hasse die Riemen um mein Gesicht. Meine Mutter hat mich nie an einer Leine gezogen. Wir liefen zusammen, meistens Seite an Seite. Aber es ist eine Freude, an der frischen Luft zu sein, und ich bin dankbar dafür, auch wenn es Riemen und eine Leine bedeutet.*

Als ich eines Morgens wieder Arbeit suchte, folgte ich dem bitteren Geruch, wie ich ihn von den dampfenden Färbekesseln meiner Mutter kannte.

Ich klopfte an ihre Tür, und die alte Brigit machte auf, warf einen Blick auf mein schmales Gesicht und ließ mich ein, um mir etwas zu essen zu geben. Ihr Haus war groß, mit einer dicken Schicht trockener Binsen auf dem Erdboden. Es war voller Webstühle. Und es gab drei kleine Feuerstellen für ihre Färbekessel.

Sie brauche viel Hilfe, sagte sie, als ich gegessen hatte. Sie webte mit besonderen Webstühlen. Solche hatte ich noch nie gesehen. Sie konnte Stoff aus Wolle und aus Leinen weben, schwere und leichte. Sie webte alles, aber ihre Spezialität war etwas, was ich noch nie zuvor gesehen hatte: gewebte Sättel – dicke Decken in einer Form, die genau auf den Rücken der Pferde passte. Sie waren schön, mit einem Muster in vielen Farben.

Die Iren ritten oft ohne Sattel aus Stoff oder Leder, die Normannen fast nie. Darum hatte die alte Brigit aufgehört, Umhänge und Gewänder zu weben, und stattdessen gelernt, normannische Sättel zu machen.

Sie war Irin, aber das interessierte ihre Kundschaft nicht – sie liebten ihre Arbeit. Sie verkaufte jeden Sattel, den sie machte, an die Normannen in Athenry, und jeder Käufer war froh, ihr dafür seine Geldstücke hinzuzählen. Ihre Sättel waren wunderschön.

»Verstehst du etwas vom Färben?«, fragte sie gleich am ersten Tag.

»Schon«, sagte ich.

Sie lächelte. »Dann haben dich wahrhaftig die Feen zu meiner Tür geführt, mein Junge. Ich habe dich schon öfter hier gesehen, und immer hast du hungrig ausgesehen. Wenn du hart arbeitest, können wir da Abhilfe schaffen.«

Ich nickte. Die ersten Tage stampfte ich Färberwaidblätter und Krappwurzeln zu Pulver, das fein genug für die Farbbäder war. Ich zermalmte Alaun und Eisen für die Bäder, die die Farben im Stoff halten sollten. Und wenn es Zeit war, den schweren, mit Wasser vollgesogenen Stoff umzurühren, tat ich es.

Meine Mutter hatte mir beigebracht, dass die Bäder, die die Farbe an den Faden banden, wichtiger waren als die Farbbäder selbst. Keine Farbe ist schön, wenn sie ausläuft.

»Wo hast du das alles gelernt, Trian?«, fragte mich Brigit. »Söhnen bringt man das Färben gewöhnlich nicht bei. Keine Mutter tut das.«

Zu der Zeit zögerte ich längst nicht mehr, wenn man mich mit dem Namen meines Bruders ansprach, aber auf diese Frage wusste ich keine Antwort.

Meine Mutter glaubte wie die anderen Frauen unseres Clans, dass die Anwesenheit eines Mannes beim Färben die Farben verdarb. Meine Mutter wartete gewöhnlich, bis mein Vater unterwegs war, bevor sie mit dem Färben begann.

»*Meine* Mutter brauchte wohl Hilfe, nehme ich an«, sagte ich nach einer viel zu langen Pause.

»Was mich betrifft, so halte ich die Geschichten

vom Färben und den Männern sowieso für ausgemachten Unsinn«, sagte sie fest. »Es gibt kein Gesetz, das besagt, dass ein Junge nicht färben kann.«

Ich nickte, aber ich fühlte mich nicht wohl dabei. Ich hasste es, dass ich sie belügen musste. Sie war die liebste Person, die ich kannte. Meine Mutter würde sie mögen, falls sie sich jemals begegneten, da war ich mir sicher.

Wir waren einander gute Gesellschaft, die alte Brigit und ich. Befreit von der Not, jeden Tag neu Arbeit suchen zu müssen, hatte ich das Gefühl, unendlich viel Zeit zu haben. Sie ließ mich vom ersten Abend an im Haus schlafen. Sie machte mir ein Lager aus Stroh und Binsen, und Cormacs Mantel diente mir als Decke. Es war wunderbar, warm und trocken und in Sicherheit zu sein. *Wunderbar.*

Die alte Brigit war viele Jahre einsam gewesen. Ich glaube, seit ihr Mann gestorben war. Sie erzählte mir, sie vermisse ihn an jedem einzelnen Tag. Was immer ihre Gründe waren: Sie nahm mich in ihrem Haushalt auf, und ich war ihr dafür dankbarer, als ich es je hätte sagen können. Mit ihr zu sein, ließ mich meine Familie weniger vermissen. Es machte mein Herz und meine Gedanken leichter.

Ich tat, was ich konnte, um ihr zu danken. Wie alle Iren in Athenry arbeitete ich jeden Tag der Woche von morgens bis abends für meinen Unterhalt. Die alte Brigit hatte eine Kuh mit Namen A Chara, die war, wie ihr Name sagte, ein Schatz. Zahm und gutwillig brauchte sie keine Fessel, während ich sie melkte, und sie gab genug Milch, um jeden Tag einen großen eichenen Eimer damit zu füllen. Aus jedem Tropfen, den wir nicht tranken, machte ich Käse.

Wenn ich mit dem Melken fertig war, suchte ich mir andere Aufgaben. Ich grub Gräben, damit der Regen nicht den Hühnerstall der alten Brigit überflutete. Wenn ich A Charas Stall säuberte, stapelte ich den Dung und das schmutzige Stroh, damit man es im Frühling zum Düngen verwenden konnte. Ich stampfte immer weiter Färbepulver und saß abends mit Brigit am Feuer. Es war eine gemütliche Stille zwischen uns.

»Ich will dir etwas zeigen«, sagte sie eines Tages und führte mich zu einer Holztruhe in der Ecke des Zimmers. Sie machte den quietschenden Deckel auf und holte ein wunderschönes blaugrünes Kleid heraus. »Mein Hochzeitskleid«, sagte sie und lächelte. Sie hielt es an ihren Körper, und ich sah den Glanz der Erinnerung in ihren Augen. Sie setzte eine hauchdünne Spitzenhaube auf ihre Haare und nahm sie dann wieder ab; ihr Blick war dabei abwesend und weich.

Zu Hause hatte die alte Tante Orlaith genau denselben träumerischen Ausdruck gehabt, wenn sie sich an ihre Jugendjahre erinnerte. Sie war mindestens fünfzig und es blieben ihr wohl nur noch wenige Jahre. Ich hoffte, ich würde sie noch einmal sehen, bevor sie von uns ging.

»Wir haben in der Kapelle der Abtei geheiratet«, sagte Brigit und strich über den Stoff ihres Kleids.

Ich nickte. Meine Eltern hatten es nicht getan, aber wir lebten auch weit entfernt von jeder Kirche.

»Fünf Jahre nach der Hochzeit war ich Witwe«, sagte die alte Brigit mit einem verhangenen Blick. »Wir hatten nie eine Familie und ich wollte nie einen anderen Mann.« Sie zeigte auf ihre Webstühle und auf ihre Färbekessel. »Ich glaube, ich habe mein Leben meinem Handwerk gewidmet.«

Die alte Brigit war eine gute Färberin. Ich lernte viel von ihr und konnte es kaum erwarten, meiner Mutter davon zu erzählen. Ich staunte, dass Brigit nicht nur den Stoff färbte, wie es meine

Mutter tat; oft färbte sie schon vor dem Weben den Faden.

Ich weiß nicht, warum mir dieser Gedanke nie gekommen war – dass man den Faden färben könnte, bevor er zu einem Stoff gewebt wurde. Ich fragte mich, ob meine Mutter je daran gedacht hatte. Jedenfalls hatte es keiner in unserem Clan je ausprobiert.

Indem ich Brigit half, lernte ich, wie man den gesponnenen Faden färbte. Es war nicht viel anders als das Färben von Stoff; aber es war schwieriger, eine gleichmäßige Farbe zu bekommen. Die Schwierigkeit lag darin, die Farbe durch den ganzen Faden ziehen zu lassen. Wir mussten den Faden um Blöcke aus Apfelholz wickeln, nicht zu fest und nicht zu lose, damit er sich im Färbekessel vollsaugte. Wickelte man zu fest, blieben weiße Stellen, wickelte man zu lose, verhedderte sich der Faden im Kessel.

Wenn der Faden in der Nähe der Feuerstelle getrocknet war, wickelten wir ihn zu Strängen. Auf Brigits Webstühlen wurden die blauen Fäden über die grünen gewebt, und beide gingen dann über einen roten oder gelben Streifen hinweg, dann kam vielleicht ein schwarzer – aus all dem wurde schließlich ein großartiges Muster von Farben, das schöner war als alles, was ich mir je hätte vorstellen können.

Das erste Mal, als ich Brigit an einem Webstuhl sitzen sah, arbeitete sie an etwas, was sie »Schottenmuster« nannte. Da wünschte ich mir nichts mehr, als dass ich es auf der Stelle meiner Mutter hätte zeigen können. Wie spürte ich da wieder das Heimweh! Ich war jetzt fast ein ganzes Jahr weg von zu Hause.

»Möchtest du es lernen?«, fragte mich Brigit eines Tages.

Ich sah sie an. »Weben?«

Sie nickte.

»Ich hab kein Geld, um für eine Lehre zu bezahlen«, sagte ich.

Sie lächelte. »Ich brauche keine Bezahlung. Möchtest du es also lernen?«

»Ja«, sagte ich. »Schrecklich gern.«

»Denk dir was aus, was du gerne machen möchtest«, sagte sie. »Vielleicht einen wollenen Umhang, der dich wärmt für den Rest des *Gam*?«

»Ich kann für die Wolle nicht bezahlen«, sagte ich. »Es sei denn, dass ich es mit irgendeiner anderen Arbeit vergelten kann.«

Sie lächelte. »Du arbeitest schon mehr, als dein Essen kostet, Trian. Was möchtest du also machen?«

»Ich bin mir nicht sicher«, sagte ich, weil ich Angst hatte, von meinem sehnlichsten Wunsch zu sprechen.

Sie webte gerade an einem besonders schönen Sattel für einen normannischen Reiter. Er war aus Wolle, dick und weich, die Vorderkante dreifach gewebt, dann zurückgerollt, um ein Kissen zu formen, das den Widerrist und den Rücken des Pferdes schützte. Er würde einen weichen Sattelgurt aus Leinen haben, der daran genäht wurde, und natürlich die normannischen Steigbügel aus Eisen.

Ich seufzte. Vom ersten Augenblick an, als ich ihn gesehen hatte, hatte ich mir gewünscht, ich könnte so einen auch für Dannsair machen. Für den Tag, an dem ich auf ihr reiten würde – obwohl ich wusste, dass der noch in weiter Ferne lag. Oder vielleicht niemals kam.

Brigit sah mich an und wartete auf meine Antwort. Als ich nicht antwortete, wandte sie sich wieder ihrer Arbeit zu. »Denk darüber nach, Trian, und sag es mir später. Würdest du jetzt bitte Feuer unter dem Kessel machen? Ich möchte etwas Färberwaid mahlen und kochen.«

Sie nahm den flachen Mahlstein, und ich hörte, wie sie zu arbeiten begann. Ihre Handflächen hatten Schwielen, und ihre Finger waren gezeichnet vom jahrelangen Zerstampfen von Borken und Blättern und dem Einfädeln der Fäden am Webstuhl. Sie begann im Rhythmus ihrer Arbeit zu summen.

»Einen Gürtel«, sagte ich und sie verstummte.

»Morgen«, sagte sie.

Brigit ließ oft einen halben Tag vergehen, ohne mehr als ein paar wenige Worte mit mir zu sprechen. Aber ihr Schweigen war angenehm und freundlich. Sie erinnerte mich darin so sehr an meine Mutter, dass ich lächeln musste.

»Wenn du etwas von den Feen, den Heiligen oder vom Leben erwartest«, sagte sie später an diesem Tag leise, »dann musst du hart dafür arbeiten.«

Ich schaute sie an.

»Was immer du verbirgst«, sagte sie, »was immer du lieber machen würdest, als mir die Fäden zu sortieren, wenn es irgendein Handwerk gibt, das du lernen möchtest ...«

»Ich liebe Pferde«, rutschte es mir heraus. »Ich möchte helfen, sie zu pflegen. Ich würde sie gern ausbilden.«

Sie lächelte mich aufmunternd an.

»Ich würde gern den Stallmeister um Arbeit

fragen, aber ich habe Angst, es zu tun.« Ich erzählte, und die Wörter entflohen meinem Herzen und waren in meinem Mund, bevor ich sie zurückhalten konnte. »Aber mein Gewand ist so grob, und ich weiß, dass der Baron Bettler hasst und ...«

Die alte Brigit hob die Hände, um mich zum Schweigen zu bringen. »Wenn es ein neues Hemd ist, was du dir wünschst«, sagte sie, »dann bist du hier an der richtigen Stelle.«

Es hatte wohl so geklungen, als ob ich sie darum bäte. »Es war nicht meine Absicht ...«, begann ich, aber sie hob ein zweites Mal die Hände.

»Du brauchst ein neues Gewand und ich mache dir eins.«

»Ich werde so hart arbeiten, dass du gar nichts mehr tun musst, um dein Haus in Ordnung zu halten«, versprach ich.

Sie lachte auf. »Du kannst gleich damit anfangen, Trian«, sagte sie und hielt mir ihren Mahlstein hin. »Je feiner, desto besser.«

Ich nickte und machte mich an die Arbeit.

Wenige Tage später kam der Regen, und die dauerhafte Kälte des *Gam* ließ die meisten Einwohner von Athenry sich nah bei ihren Feuerstellen aufhalten. Die kälteste Zeit des Winters stand bevor. Ich war Brigit so dankbar, dass sie ihr Heim mit mir teilte.

Sie webte mir wirklich ein Gewand, und es hätte die perfekte Größe für mich gehabt – wenn ich wirklich ein Junge gewesen wäre. Es war merkwürdig, es anzuziehen. Sie brachte mir auch bei, wie man einen guten Gürtel webt. Er wurde mit viereckigen Holzscheiben gemacht, mit einem Loch in jeder Ecke, durch das der Faden lief. Indem man die viereckigen Scheiben drehte, wechselte die Reihenfolge der Fäden und es ergab sich ein Muster. Ich suchte mir ein dunkles Braun und cremefarbene Wolle mit etwas Gelb an den Rändern aus. Als er fertig war, fragte ich Brigit, wie sie den Gürtel fand.

Sie hielt in ihrer eigenen Arbeit inne und stand auf, um sich den Gürtel anzuschauen. »Du bist ein gut aussehender Junge und der Gürtel steht dir gut.«

Ich mochte sie so gern, und sie war so gut zu mir gewesen, dass ich ihr am liebsten die Wahrheit gesagt hätte. Aber ich traute mich nicht.

Ich arbeitete hart und sah Dannsair nur selten. Ohnehin wurden die Pferde wegen des kalten Wetters mehr in den Ställen gehalten.

Während das Fest von *Imbolc* näher rückte, arbeitete Brigit weiter an dem Sattel. Er war unglaublich schön, perfekte Handarbeit mit wollenen Fransen und Quasten, die wippen würden, wenn das Pferd sich bewegte.

Die alte Brigit kannte einen Schmied, der ihr im Tausch gegen eine Elle Stoff die Steigbügel fertigte. Ich sah zu, wie sie sie mit langen Lederstreifen am Sattel befestigte. Den Sattelgurt webte sie auf einem besonderen Webstuhl, der für die stärksten Leinenfäden gemacht war.

Die Wintertage schleppten sich dahin, und A Charas Milch wurde dünner und weniger, bis wir fast nur Käse aßen, den ich vor dem Ende des Sommers gemacht hatte. Die alte Brigit sagte, mit dem Käse hätte ich ihr die Schulden eines halben Jahres erspart. Sie musste erst fünf Tage vor *Imbolc*, dem Frühlingsfest, Fleisch kaufen.

»Kannst du den für mich zu seinem Besitzer bringen?«, fragte Brigit eines Morgens, als sie sah, dass es aufgehört hatte zu regnen. »Jetzt, meine ich, bevor der Regen wieder von vorn anfängt?«

»Das würde ich gern tun«, sagte ich zu ihr.

Als ich den Sattel hochhob und mir die feine Arbeit aus der Nähe ansah, musste ich lächeln. »Für wen ist er?«, fragte ich.

Sie lächelte zurück und neigte den Kopf zur

Seite. »Für den Stallmeister. Er will ihn zu *Imbolc* seiner Tochter schenken. Wickle ihn in deinen Mantel, damit er nicht nass wird.«

Ich schaute ihr in die Augen. »Für seine Tochter, sagst du?«

Sie nickte. »Ja. Manche normannischen Mädchen reiten, und sie hat sogar ihr eigenes Pony.«

»Aber der Stallmeister ist . . .«

»Er wird jetzt bei den Stallungen sein, Trian«, sagte Brigit und lächelte. »Zieh dein neues Gewand und deinen Gürtel an. Sag dem Wächter, dass ich dich geschickt habe.«

# Kapitel sieben

*Die Dunkelheit dieses Ortes wird immer unerträglicher. Nur wenn ich draußen sein darf, fühle ich mich lebendig.*

Meine Knie zitterten. Das ist die Wahrheit, und es kam nicht von der Kälte oder davon, dass mir die Feuchtigkeit schwer in der Kleidung hing. Ich befestigte die kleine goldene Pferdespange als Glücksbringer an der Innenseite meines Gewands. Dann wickelte ich den wundervoll gewebten Sattel in meinen Mantel und trat ins Freie. Der Regen, der gerade wieder einsetzte, durchweichte in kürzester Zeit mein neues Gewand. Meine Haare waren inzwischen so lang gewachsen, dass sie mir nass in den Nacken fielen wie ein Entenschwanz.

Ich lief über die Wiese auf den Torwächter zu.

»Ich habe den neuen Sattel für den Stallmeister«, sagte ich zu ihm.

»Von der alten Brigit?«, fragte er.

Ich nickte.

Er öffnete das Tor und machte eine Bewegung mit dem Kopf. »Im ersten Stall, glaube ich. Wenn nicht, frag bei den Stalljungen nach.«

Ich nickte und zitterte, mehr wegen meiner Nerven als wegen des kalten Regens.

Ich betrat den ersten Stall und schaute in jede Box, obwohl ich nirgendwo Stimmen hörte. Der Stall war riesig. Ich zählte die Boxen nicht, das tat ich erst später. Es gab allein in dem Stall vierzig Pferde, alle schön und gesund.

Die Boxen lagen zu beiden Seiten eines breiten Mittelgangs, so wie es auch in Conalls Ställen gewesen war. Ich ging langsam. Ich wollte den Stallmeister finden, aber mehr als das, *mehr als alles andere* wollte ich meine schöne Dannsair sehen. Es hatte so lange gedauert, bis ich endlich einen Weg an dem Wachposten vorbei gefunden hatte …

Auf halber Strecke fand ich sie. Ihre Box lag rechts vom Mittelgang. Ich legte den Sattel davor ab und trat an die brusthohe Tür. Sie sah mich still an, bis ich ihren Namen flüsterte. Dann kam sie schnell und streckte den Kopf über die Tür, um meine Haare zu beschnuppern. Sie schienen ihr zu gefallen, so kurz. Sie schnupperte mit weit geblähten Nüstern. Ihr Atem war warm.

»Dannsair«, sagte ich, und mein Hals war zugeschnürt, als wollte mich jemand erwürgen. »Ich hab dich so vermisst.«

Sie senkte den Kopf und schubste mich gegen die Brust.

»Was machst du hier, Junge?«, sagte da eine Männerstimme hinter mir.

Ich drehte mich um und sah, wie der Stallmeister mich musterte.

»Ich habe dir eine Frage gestellt. Ich kenne dich nicht. Hast du hier etwas zu erledigen?«

»Ja, Sir«, stieß ich hervor. Dann wieherte Dannsair, weil ich mich von ihr entfernte. Sie schlug mit den Vorderhufen gegen die Boxentür und schüttelte den Kopf, dass ihre Mähne wehte. Wie lang war ihre Mähne jetzt!

Der Stallmeister näherte sich mir mit strenger Miene. »Geh weg von der Box!«

Dannsair stampfte mit den Hufen. Sie wollte mir folgen.

»Brigit schickt mich. Ich bringe den Sattel für Eure Tochter«, sagte ich. Ich wickelte ihn aus dem Mantel, damit der Stallmeister ihn sehen konnte. Er musterte ihn und seine strenge Miene wich einem Lächeln. Er lächelte tatsächlich.

»Sag der alten Frau, dass es eine wunderbare

Arbeit ist, wie immer.« Er ließ die Finger über die Verdickung an der Vorderkante gleiten, die den Widerrist des Pferdes schützen würde.

Während er den Sattel bewunderte, an dem ich die alte Brigit so lange hatte arbeiten sehen, tat ich einen Schritt zurück und fühlte Dannsairs warmen Atem in meinem Nacken.

»Geh da weg!«, sagte der Mann, der plötzlich zu mir aufsah. »Das Tier ist von edlem Blut. Es ist nervös und gefährlich.«

Ich wusste nicht, was ich dazu sagen sollte. Dannsair? Gefährlich? Unmöglich. Ich streckte meine Hand aus, um ihren Hals zu berühren. Sie *war* gewachsen, ich hatte mich nicht getäuscht. Sie legte den Kopf zur Seite, um meinen Hals zu befühlen.

»Hast du ihr einen Apfel gegeben?«, wollte der Stallmeister wissen.

Ich schüttelte zitternd den Kopf. Das Letzte, was ich wollte, war, dass er wütend auf mich wurde. »Nein, Sir. Sie hat gewiehert, als ich auf der Suche nach Euch an der Box vorbeikam, da hab ich sie gestreichelt.«

Er sah zu, wie ich meine Hand auf Dannsairs Rücken gleiten ließ. Sie bäumte sich halb auf, wirbelte herum und kam dann wieder zurückgetrottet, den Hals wie ein Bogen gespannt. Sie wollte spielen.

»Ich hatte gehofft, dass Ihr mir vielleicht Arbeit geben würdet, Sir«, sagte ich. Meine Stimme zitterte, aber wenn er es merkte, ließ er es sich nicht anmerken. »Ich kann sehr gut mit Pferden umgehen, Sir.«

»Geh einmal auf die andere Seite und streichle die braune Stute dort«, antwortete er.

Ich konnte mir nicht vorstellen, warum er mich etwas derart Einfaches tun hieß, aber ich tat, was er von mir verlangte. Die Stute war kurz vorm Fohlen, und ich näherte mich ihr vorsichtig und sprach dabei leise auf sie ein. Nur wenige Pferdezüchter lassen ihre Stuten vor dem Frühling fohlen – gut, dass es hier diesen schönen Stall zum Schutz vor den Winterstürmen gab.

Die Stute war neugierig genug, in ihrer Box nach vorn zu kommen, und streckte den Kopf über die Tür. Dann aber klappte sie aus irgendeinem Grund die Ohren nach hinten. Ich sah ihren Blick misstrauisch hart werden. Vielleicht hatte sie einmal jemand grausam behandelt. Jedenfalls verstand ich den Hinweis und trat gerade noch rechtzeitig zurück, bevor sie nach mir schnappte. Wenn ich mich nicht bewegt hätte, hätte sie womöglich mein rechtes Ohr zwischen den Zähnen gehabt.

»Ich bin mir nicht sicher, ob sie sich von mir berühren lässt, Sir«, sagte ich. »Nicht bevor ich sie ein paar Tage davon überzeugt habe, dass sie mir vertrauen kann. Ich kann es noch mal versuchen, wenn Ihr möchtet«, fügte ich hinzu, damit er mich nicht für feige hielt. Ich reckte mich in die Höhe und sah ihm direkt in die Augen.

Er nickte. »Ich kann einen Jungen gebrauchen, der weiß, wie man Ställe ausmisten kann, ohne getreten zu werden.«

»Ich kenne mich mit Pferden aus, Sir«, sagte ich. Ich überlegte für einen Augenblick, ob ich ihm erzählen sollte, dass ich sogar wusste, wie man Stuten beim Fohlen half; aber ich tat es nicht. Conall hatte mir auch nicht geglaubt.

»Kannst du reiten?«

»Ja«, sagte ich, obwohl das wirklich nicht stimmte. Zu Hause hatte ich oft auf dem Rücken von Dannsairs Mutter gesessen, aber nur innerhalb der Erdwälle unseres Geheges. Die graue Stute mit dem sanften Charakter war dann langsam herumgelaufen und hatte gegrast, während ich ihr leise zuredete. Aber ich hatte nie versucht, mit ihr im Trab oder gar Galopp zu reiten.

»Ein bisschen«, fügte ich nach einer so langen Pause hinzu, dass der Stallmeister lachte.

»Komm morgen früh bei Sonnenaufgang.«

»Das werde ich, Sir«, sagte ich, aber da machte er mir schon Zeichen, dass ich gehen solle.

Es regnete in Strömen, als ich aus dem Stall ins Freie trat, und ich legte mir den Mantel um die Schultern. Im eisigen Regen ging ich zurück zur alten Brigit, meine kalten Füße versanken im Schlamm, aber ich lächelte auf dem ganzen Weg.

»Er bat mich, dir zu sagen, dass der Sattel wunderschön ist«, sagte ich, als ich endlich in der Tür stand. »Sehr gute Arbeit. Er sah sehr zufrieden aus.«

Sie nickte und lächelte. »Hast du um Arbeit gefragt?«

Ich grinste. »Hab ich. Ich soll morgen ganz früh kommen.« Ich schüttelte das Wasser aus meinem Mantel und kratzte mir den Schlamm von den Füßen. Dann ging ich hinein.

»Ich werde dir trotzdem weiter helfen«, versprach ich. »Und was immer ich als Lohn bekomme, gebe ich dir.«

Sie streichelte mir die Wange und sah mir in die Augen. »Von deiner Arbeit abgesehen brauche ich keine Bezahlung, Trian.« Sie lächelte. »An dem

Tag, an dem ich erfuhr, dass ich weben lernen durfte, war ich so glücklich. Es kam mir damals wie ein Wunder vor. Und so geht es mir immer noch. Ich bin zum Weben geboren.«

Ich nickte. Ich wusste genau, was sie meinte – und ich wusste, dass sie mir ins Herz sehen konnte. Mir ging es mit den Pferden wie ihr mit dem Weben. Wenn ich mit Pferden zusammen sein durfte, fühlte ich mich glücklicher als irgendwann oder irgendwo sonst. Ich war geboren, um mit ihnen zu arbeiten, und ich war geboren, um Dannsairs Ziehmutter zu werden – und ihre Freundin.

Als wir an dem Abend unseren Haferbrei gegessen hatten, zündete Brigit drei Talgkerzen an. In deren Licht zeigte sie mir, wie man ein rundes, widerstandsfähiges Seil flocht. Aus solchen Seilen, so erklärte sie mir, wurde auch Zaumzeug gemacht. Wie immer hatte sie sehr viel Geduld mit mir.

Später, als ich auf meinem Lager lag und das Zimmer so dunkel wie die Nacht war, hörte ich ihren gleichmäßigen Atem. Ich war ihr so dankbar. Ich lächelte in der Dunkelheit. Nach meinem ganzen Kummer und nach all meiner Arbeit würde ich Dannsair von nun an jeden Tag sehen.

Jeden Tag! Und ich konnte sicherstellen, dass man für sie sorgte, dass sie wusste, dass ich in ihrer Nähe war und sie beschützte.

Es war das beste Geschenk, das je ein Mensch bekommen konnte.

Die Wahrheit ist, dass es mein Herz zum Tanzen brachte.

## Kapitel acht

*Meine Mutter ist endlich gekommen. Sie hat mich noch nicht von diesem dunklen Ort weggebracht, aber sie wird es tun. Das hat sie immer getan.*

Ställe auszumisten ist eine harte, schmutzige Arbeit.

Ich musste dazu mein altes zerrissenes Gewand tragen, damit mein neues sauber blieb; trotzdem ging ich jeden Tag singend in den Stall.

Ich sang, während ich arbeitete, und lächelte, wenn ich den Stallmeister zufrieden nicken sah. Er schaute jeden Tag in die Boxen, ob ich auch gute Arbeit leistete.

Ich passte auf, dass niemand sah, dass ich Dannsair besondere Aufmerksamkeit schenkte. Es sollte niemand wissen, wie gut wir uns kannten und wie sehr sie mir vertraute. Wann immer ich ihre Box säuberte, ging sie in engen Kreisen um mich herum, bäumte sich auf und schüttelte den Kopf zum Zeichen, dass sie lieber mit mir gespielt hätte.

Ich war natürlich nicht der einzige Stalljunge. Es gab tatsächlich zwei große Ställe hinter dem hohen Zaun, die Arbeit hätte ich allein nicht geschafft. Wir waren drei. Dazu gab es Pferdepfleger, die den Pferden die Mähnen und Schweife kämmten und ihnen mit geflochtenen Strohbürsten und groben Tüchern das Fell striegelten. Weitere vier Jungen brachten Hafer und Gerste und holten Wasser in Eimern.

Die Ställe auszumisten machte mehr Arbeit als das Pflegen und Füttern.

Wir drei, die diese Arbeit machten, kamen alle vor Sonnenaufgang – die beiden anderen hießen Fothud und Guaire. Der Stallmeister hatte sie mir vorgestellt.

Sie waren nicht unglücklich, mich zu sehen. Der Junge, den ich ersetzte, war faul gewesen. Zuletzt hatte ihn der Stallmeister im Heu schlafend gefunden, etwas, was schon öfter vorgekommen war, während die anderen seinen Teil der Arbeit mit erledigten.

Fothud und Guaire erzählten mir, dass die Bezahlung fünf Silberpfennige zu jedem vollen Mond betrug. Ich hatte noch nie Silberpfennige aus Galway gesehen, obwohl ich mich daran erinnerte, dass mein Vater einmal davon gesprochen hatte. Ich konnte es nicht erwarten, sie in Händen zu halten und damit Brot oder Äpfel oder Weizenmehl für die Vorratskammer der alten Brigit zu kaufen. Ich könnte sogar auf den Markt gehen und eine Rehkeule erstehen. Zwei Wochen lang hätten wir dann gekochtes Fleisch zu essen!

Fothud und Guaire führten mich am ersten Tag herum und zeigten mir den schmalen Pfad, der zu einer von dicken, aber nicht so hohen Mauern eingeschlossenen Weide hinter den Ställen führte. Nicht weit davon stand das Vorratshaus mit Behältern voller Hafer und Gerste. Die beiden waren freundlich und ich mochte sie beide gleich gern. Am Mittag, wenn sie hinter die Ställe zu den Gruben gingen, um sich zu erleichtern, log ich und sagte, dass ich gerade nicht müsse. Erst später, wenn wir alle wieder arbeiteten, schlich ich davon und rannte allein den schmalen Pfad zu den Gruben entlang. Es war beängstigend, so eng mit Jungen zusammenzuarbeiten – was, wenn einer von ihnen merkte, dass ich ein Mädchen war? Die Normannen erlaubten ihren Mädchen das Reiten, aber ich war mir sicher, dass kein Mädchen, weder irisch noch normannisch, jemals in den Ställen würde arbeiten dürfen.

Während der Tage des Festes von *Imbolc* arbeiteten wir nicht. In dem Jahr war der erste Frühlingstag schön und warm, und alle waren glücklich.

*Imbolc* wurde von den Normannen noch mehr gefeiert, als es in meinem Clan üblich war. Die Normannen nannten das Fest nur nicht *Imbolc*. Für den Baron von Athenry und die Normannen an seinem Hof und in der Stadt begann der Frühling mit dem Fest der Heiligen Brigid. Für uns war das nur ein Teil von *Imbolc* – für die Normannen war es der große Festtag.

Die Heilige Brigid war mir schon mein ganzes Leben lang vertraut. Jetzt, bei den Normannen und in einer Stadt, in der auch Mönche wohnten, erfuhr ich noch mehr über sie. Ihr Herz, ihre Gedanken und ihre Seele waren rein gewesen, und sie hatte die Kühe geliebt und die reine weiße Milch, die sie gaben. Ihre Güte war endlos gewesen. Es gab unzählige Geschichten darüber, wie sie kranke Frauen geheilt und verdorbene Brunnen gereinigt hatte – über alle Arten von heiligen Begebenheiten.

Ein Priester sprach die Bittgebete an die Heilige Brigid, während die Frauen Gans, Aal und Lamm zubereiteten. Der Duft von reichlichem und gutem Essen lag über der Stadt.

An den Tagen zuvor hatte ich beobachtet, wie viele Besucher die Furt über den Clareen genommen hatten. Sie alle wollten das Fest mit ihren Freunden und Familien in Athenry feiern. Es waren Iren wie Normannen, und alle trugen ihre besten Kleider. Beim Fest sah ich ein paar von den Mädchen wieder, die ich von der Stechpalme aus belauscht hatte. Das Mädchen, das sich Sorgen wegen ihres bösen Vetters gemacht hatte, sah jetzt viel glücklicher aus. Ich sah sie mit dem Stallmeister inmitten einer größeren Gruppe von Menschen auf dem Weg zur Abtei. War sic vielleicht seine Tochter? Diejenige, die heute den gewebten Sattel der alten Brigit geschenkt bekommen sollte?

Auch die meisten Iren gingen zur Abtei. Ich nicht. Ich hatte keine schönen, festlichen Kleider, die ich hätte tragen können, und ich wollte nicht, dass jemand auf mich aufmerksam wurde. Auch die alte Brigit blieb zu Hause; wir hatten beschlossen, unser eigenes kleines Fest zu feiern. Wir zogen unsere besseren Kleider an und machten uns ans Kochen.

»*Du* bist meine Heilige Brigid«, sagte ich zu ihr.

Sie wurde rot. »Sei still, Trian!«, sagte sie. »Ich bin keine Heilige.«

»Für mich bist du eine, und ich bin dir dankbar dafür«, sagte ich und meinte es auch.

»Dankbar genug, um auf den Markt zu gehen und uns etwas Honig zu kaufen?«, fragte sie lachend. »Der würde zu unserer Milchspeise passen.« Sie reichte mir einen Pfennig, und ich ging hinaus in die Sonne.

Auf dem Weg zum Markt sah ich Niall. Wir redeten eine Weile, und ich fand seine Neugier so anstrengend wie immer.

»Wo schläfst du jetzt?«, wollte er wissen.

Ich sagte es ihm und er nickte ernst. »Ich kenne die alte Brigit. Alle kennen sie. Hat *sie* dein neues Gewand gemacht?«

»Ja.« Ich schaute an mir herunter. Niall machte mich immer noch nervös. Ich sah wieder auf und merkte, dass die drei normannischen Jungen, die mich so gern ärgerten, in unsere Richtung kamen.

Ich fühlte, wie mein Magen sich zusammenzog.

Es schien der Tag zu sein, an dem ich alle traf, die ich normalerweise mied. »Ich muss schnell zurück, bin schon zu spät«, sagte ich zu Niall und war davon, bevor er sich verabschieden konnte. Es tat mir leid, dass ich so unfreundlich zu ihm sein musste, aber ich konnte nicht warten, bis die normannischen Jungen heran waren.

Von diesem Tag an war ich noch vorsichtiger. Wenn ich Dannsair davor bewahren wollte, ein Schlachtross zu werden, musste ich mein Geschlecht, mein wahres Ich und den Grund, weshalb ich in Athenry war, verborgen halten. Wenn ich nicht im Stall arbeitete, versteckte ich mich im warmen Haus von Brigit, spann Wolle und rührte in den Färbekesseln.

Das Wetter wurde wärmer, und bald war es Zeit, den Mantel abzulegen. Die alte Brigit gab mir einen widerstandsfähigen Leinensack für meine Sachen, und ich webte ein gemustertes Band, um ihn zuzuschnüren. Die alte Brigit küsste mich feierlich auf die Stirn und sagte, wenn ich je beschließen würde, mein Leben doch nicht mit Pferden zu verbringen, würde aus mir bestimmt ein guter Weber werden. Ich kann gar nicht sagen, wie stolz mich das machte.

Morgens nickte ich den Jungen, die die Pferde fütterten, höflich zu, aber ich sprach nicht mit ihnen. Mein verschwiegenes Leben wurde mir zur Gewohnheit.

Fothud und Guaire und ich arbeiteten vom Morgengrauen bis zur Abenddämmerung, doch am Anfang hielt ich auch zu ihnen Abstand. Zu groß war meine Angst, jemand könnte entdecken, dass ich kein Junge war. Es wäre ein grausames Schicksal gewesen: so nah bei Dannsair zu sein und dann ertappt zu werden. Ich wusste allerdings, dass ich kaum noch wie ein Mädchen aussah. Mit geraden Schultern zu stehen und mit der tiefsten mir möglichen Stimme zu reden, war mir längst zur Gewohnheit geworden. Ich hatte es lange geübt. Dennoch hielt ich mich, so gut es ging, von den anderen fern, redete wenig und noch öfter gar nichts.

Das alte Gewand, das ich zur Arbeit trug, wurde immer schäbiger, spannte immer mehr an meinem Rücken und reichte mir nicht mal mehr bis zu den Knien. Ich rechnete fest damit, dass Fothud und Guaire sich irgendwann darüber lustig machen würden.

Aber sie taten es nicht.

Die Wahrheit ist, sie waren beide warmherzig. Sie erinnerten mich an meine Brüder und an Bebinns lieben Tally.

Das Schönste an meinem Leben aber war, dass ich mir jeden Tag Augenblicke mit Dannsair stahl.

Ich blieb abends länger und kam morgens früher als alle anderen. Wenn ich sicher war, dass niemand anders im Stall war, ging ich zu ihrer Box und lehnte mich an ihre Schulter und redete mit ihr, wie ich es immer getan hatte. Ich erzählte ihr von allem, was ich mir erhoffte, und von allem, wovor ich Angst hatte.

Dannsairs Unruhe ließ nach, aber nur ein wenig. Fothud und Guaire fanden sie immer noch gefährlich. Ebenso die Jungen, die das Futter brachten. Sobald jemand in die Nähe ihrer Box kam, bäumte sie sich auf und scharrte mit den Hufen. Wenn ich ihre Box saubermachte, tat sie das auch; aber *ich* wusste, dass sie weder böse noch gefährlich war. Sie wollte nur so gern spielen!

Bei Conall war Dannsair den ganzen Tag frei gewesen. Sie hatte sich daran gewöhnt, mir durch den Wald zu unserem Bach oder den Hügel hinauf zu Gealachs Gehege zu folgen. Wie gern war sie mit mir um die Wette gelaufen!

Wir hatten jeden Tag zusammen verbracht, ganz allein. Ich hatte ihr beigebracht zu kommen, wenn ich sie rief. Sie hatte gelernt, stehen zu bleiben, wenn ich ihr mit der Hand ein Zeichen gab, und zu warten, bis ich sie rief, bevor sie sich wieder bewegte. Jetzt kam sie nur aus der Box, wenn einer der Reiter sie mitnahm – was immer seltener geworden war, als sich im Herbst das Wetter verschlechtert hatte. Jetzt, wo es nach Frühlingsanfang roch, spürte man mehr denn je, dass sie lieber draußen gewesen wäre.

Und was man nicht vergessen darf: Dannsairs Mutter war von edlem Geblüt, eins der noblen Pferde der Wüste weit jenseits des Meeres im Osten, ihr Vater ein mondfarbener Hengst aus der Wildnis von Connaught, so kräftig und stolz, wie ein Hengst nur sein konnte – mein Fohlen hatte mehr Feuer geerbt als die meisten Pferde auch im vornehmen Athenry.

Dannsair hasste es, eingeschlossen zu sein. Und ich wusste nicht, was ich dagegen tun sollte. Ich wusste nur, dass ich mir irgendetwas ausdenken musste. Wenn nicht, würde der Stallmeister noch Recht behalten: Meine wunderschöne Dannsair würde gefährlich werden.

# Kapitel neun

*Endlich hat meine Mutter mich hinausgelassen. Ich liebe es, im dämmrigen Licht zu galoppieren, wenn sie auf meinem Rücken liegt. Erst fühlte sich das merkwürdig an, aber ich mag es, sie so zu tragen. Wir sind schnell. Sie ist sehr leicht.*

Es regnete zwei Wochen lang beinahe ununterbrochen. Das war die Zeit, in der ich mehr mit Fothud und Guaire zu reden begann. Sie konnten beide gut mit Pferden umgehen, waren freundlich und geduldig. Auch zu mir waren sie auf ihre stille Art gut, und sie arbeiteten hart.

Wenn einer von uns früher nach Hause wollte, redeten wir darüber und arbeiteten alle schneller. Eines Tages wurde daraus, ohne dass wir es verabredet hätten, ein kleiner Wettkampf. Wir schaufelten das schmutzige Stroh mit solcher Wucht in den Mittelgang, dass wir noch viel früher fertig waren, als wir uns vorgenommen hatten. Lachend und müde machten wir uns auf den Heimweg und sahen froh, dass endlich wieder die Sonne schien, warm und hell.

Am Tag darauf kam Fothud zu mir und verkündete, von jetzt an würden wir um die Wette arbeiten. Die zwei Verlierer müssten am Tag darauf zwei Boxen des Gewinners saubermachen, der Gewinner aber dürfe früher nach Hause gehen.

Normalerweise fingen wir mit Dannsairs Stall an, weil er dem Tor am nächsten lag, und gingen danach in den zweiten. Anfangs hütete ich mich davor zu gewinnen, um es mir mit keinem von den beiden zu verderben. Später dann tat ich an den Tagen, an denen ich gewann, zwar so, als würde ich gehen; in Wirklichkeit aber schlich ich mich zu Dannsair, während Fothud und Guaire ihre Arbeit im anderen Stall beendeten.

Aufmerksam auf die Stimmen der beiden lauschend, redete ich leise mit Dannsair, rubbelte ihre Stirn und ihren Hals und versuchte sie zu beruhigen, wenn sie wegen des Regens wieder einmal tagelang im Stall bleiben musste.

Eines Tages dann ließ ich mich von der Boxenwand auf ihren Rücken gleiten. Ich saß ganz still und redete mit ihr, wie ich es mit ihrer Mutter getan hatte. Sie stand ruhig, zuckte mit den Ohren und wunderte sich über das Gewicht auf ihrem Rücken, aber sie blieb ruhig. Sie vertraute mir.

Von da an saß ich oft auf ihrem Rücken. Eines Tages legte ich die Hände an ihren Hals und drehte sanft ihren Kopf. Ich wollte, dass sie einen Schritt in die Richtung machte, in der ich den Kopf drehte, und sie tat es. Der eine Schritt ließ all meine alten Träume wieder auferstehen, dass ich sie einmal würde reiten können. Sie war jung, aber sie war groß für ihr Alter – und ich war klein für mein Alter und dünn wie eine Bohnenstange, wie die alte Brigit oft sagte. Ich wusste, dass ich Dannsair ohne Erlaubnis des Stallmeisters niemals mit aus dem Stall würde nehmen dürfen – und dass er mir diese Erlaubnis nie geben würde. Trotzdem träumte ich davon.

Dannsair war tatsächlich groß für eine Einjährige, die ja noch wuchs. Ihre Brust wurde kräftiger und ihre Beine wurden länger. Ich hatte mich oft gefragt, ob sie schlank und schnell werden würde wie ihre Mutter oder stark wie ihr Vater. Jetzt schien es, als hätte sie von beiden etwas. Aber es war noch zu früh, um etwas Endgültiges zu sagen.

Ihren Vater, Gealach, hatte ich oft stundenlang beobachtet. Er hatte einen starken, einen fast *zu* starken Charakter. Er war ständig in Bewegung und galoppierte ohne Unterlass durch sein Gehege. Ihre Mutter war ruhiger gewesen, aber vielleicht auch nur, weil sie trächtig war. Meine Mutter sagte immer, trächtige Stuten seien ein wenig wie schwangere Frauen – ihre Stimmungen schwankten.

Eines stürmischen Abends hatte ich wieder einmal die Stallwette gewonnen, und als ich Fothud und Guaire gehen hörte, war ich endlich ganz allein mit Dannsair.

»Was wollen wir tun?«, fragte ich sie. »Es sind nur noch wir beide übrig, die anderen sind nach Hause gegangen.«

Sie wieherte und senkte den Kopf, um ihr Ohr an meinem Arm zu reiben. Dann schnaubte sie und tänzelte rückwärts, sie bäumte sich auf und schüttelte die Mähne.

Ich lächelte. »Würdest du dir nicht auch wünschen, dass wir uns auf und davon machen könnten?«

Sie lief, so gut es die Box zuließ, im Kreis und bäumte sich wieder auf. Dann tänzelte sie zu mir zurück und blieb mit geblähten Nustern vor mir stehen.

Ich rubbelte ihr die Ohren. Sie wieherte und ließ den Kopf sinken; ich konnte ihren Atem auf meiner Schulter fühlen. Gab es nicht doch irgendeinen Platz in Irland, wo es keinen Krieg gab, keine Schlachtrösser, niemanden, der sie mir wegnehmen wollte?

Ich seufzte und schaute Dannsair an, die mir ruhelos und nervös erschien. Sie stampfte mit den Vorderhufen, drehte sich im Kreis, lief auf und ab und schüttelte den Kopf.

»Ich wünschte mir, ich könnte dich für einen kleinen Galopp ins Freie bringen«, sagte ich sehnsüchtig und obwohl ich wusste, dass das ganz unmöglich war. Der Wächter am Tor würde mich nie mit Dannsair passieren lassen, und wenn er eingeschlafen war, was ihm abends oft passierte, würden ihn ihre Hufschläge wecken. Die Stallburschen durften die Pferde nicht aus den Ställen führen. Und wenn man mich dabei erwischte, würde man mich fortschicken.

Ich schaute in den langen Mittelgang und dachte an den Stall bei Conall. Auch dort hatte es so einen Mittelgang gegeben und Dannsair war ihn oft auf und ab galoppiert. Sie war noch jünger gewesen, aber dennoch ...

Ich berührte Dannsairs Maul. »Wenn ich dich herauslasse, versprichst du mir dann, ruhig zu bleiben?«

Sie senkte den Kopf, und es sah aus, als würde sie nicken. Ich lachte leise. »Erinnerst du dich an die Dinge, die ich dir beigebracht habe?« Dieses Mal hob sie den Kopf und entfernte sich schweifwedelnd von mir.

Ich wusste, dass nichts schiefgehen durfte, weil ich sonst meine Arbeit in den Ställen verlor und Athenry wahrscheinlich für immer verlassen musste – trotzdem legte ich die Hand auf den eisernen Riegel der Boxentür.

Dannsair war so unglücklich, und es tat mir so weh zu sehen, wie sie allmählich eine kreisförmige Spur in den gestampften Boden ihrer Box zog. Als sie meine Hand auf der Boxentür sah, kam sie nach vorn und ihre Augen strahlten im Dämmerlicht des späten Nachmittags.

Ich konnte Regen auf dem Strohdach über uns hören. Es stürmte noch immer, der Boden draußen musste ein einziger Sumpf voller brauner Pfützen sein. Der Frühling kam langsam, obwohl *Imbolc* längst vorbei war. Seit Tagen war kein Pferd mehr hinausgeführt worden.

Ich holte tief Atem.

Und noch einmal.

Dann schob ich den Riegel zur Seite.

Dannsair warf mich fast um, als sie aus der Box

stürmte. Sie schlug wild mit dem Schweif und rannte im Galopp bis zum Ende des Mittelgangs. Dann machte sie kehrt und kam im Galopp zurück, einmal, zweimal, dreimal – ich zählte mit, wie oft sie an mir vorüberlief, und kam bis vierzig, bevor sie von sich aus in einen leichten Trab fiel. Erst danach spielten wir.

Dannsair erinnerte sich genau daran, wie sie sich nicht rühren sollte, wenn ich ihr das Zeichen dafür gab. Und sie kam jedes Mal, wenn ich sie mit Namen rief. Sie liebte dieses Spiel mehr als alles andere, weil es bedeutete, dass sie galoppieren durfte.

Es war merkwürdig, sie wie früher spielen zu sehen, jetzt, da sie so groß war. Sie würde noch schwerer werden, da war ich mir sicher; aber ihr Widerrist war jetzt schon höher als der aller anderen Pferde des Barons, und sie hatte eine stolze Haltung, den Kopf immer hoch erhoben und den Hals gestreckt. Für mich war sie das schönste Pferd in den Ställen, aber nicht nur, weil ich sie liebte. Sie war es ohne jeden Zweifel.

Von da an holte ich Dannsair aus der Box, wann immer sich eine Gelegenheit dazu bot. Und selten konnte ich der Versuchung widerstehen, danach, wenn sie wieder in der Box und ganz ruhig war, noch eine Weile auf ihrem Rücken zu sitzen.

Dann kam der Abend, an dem ich das tat, wonach ich mich schon immer gesehnt hatte. Ich öffnete die Boxentür, ging zu Dannsair hinein und zog das Tor zu, ohne es zu verriegeln. Ich setzte mich auf ihren Rücken und beschloss zu tun, wonach mein Herz verlangte, auch wenn mein Verstand mir sagte, ich solle es lieber lassen: Ich lehnte mich vor und öffnete die Boxentür.

Dannsair tat, was sie immer tat, wenn sie aus der Boxentür in den Mittelgang kam. Sie wedelte mit dem Schweif, bäumte sich auf und fiel in ihren freudigen Galopp. Mit knapper Not schaffte ich es, oben sitzen zu bleiben, bis sie das Ende des Mittelgangs erreichte. Aber als sie dort hart anhielt, um zu wenden, verlor ich doch das Gleichgewicht.

Ich rutschte nach hinten von ihrem Rücken, stolperte, und während sie kehrtmachte, um dieselbe Strecke zurückzugaloppieren, landete ich unsanft auf meinem Hintern. Dannsair blieb stehen und kam zurückgetrabt, um mich zu beschnuppern. Noch Tage danach rieb ich mir, wenn niemand zuschaute, die schmerzende Stelle.

Die Silberpfennige bekam ich von einem Beamten des Barons, einem kleinen Mann in einem goldbestickten Mantel, der dazu einen dicken goldenen Ring an einem seiner Zeigefinger trug. Alle freien Iren, die für den Baron arbeiteten, mussten sich auf dem Marktplatz anstellen, um ihren Lohn bei ihm abzuholen. Gleich beim ersten Mal begegnete ich dort auch Fothud und Guaire, und wir beschlossen, dass immer einer von uns früher kommen und für die anderen den Platz in der Schlange halten sollte. So mussten wenigstens zwei von uns nicht lange warten, und wir hatten Zeit, uns auf dem Markt umzuschauen.

Ich liebte den Markt mit den Körben voller Äpfel und Kisten voller Algen und Kräuter und Fleisch. Und ich liebte das schöne hohe Kreuz aus Stein in der Mitte des Platzes. Jedes Mal, wenn ich meinen Lohn bekam, gab ich ein paar von meinen Pfennigen für guten Käse und Äpfel für die Vorratskammer der alten Brigit aus. Aber wenn ich ihr etwas von den Pfennigen geben wollte, nahm sie es nicht an. So kam es, dass ich etwas auf die Seite legen konnte. Ich versteckte die Münzen unter meinem Schlaflager. Ich schuldete der alten Brigit viel, und ich war entschlossen, ihr eines Tages alles zurückzuzahlen.

Ich arbeitete hart in den Ställen und ich arbeitete hart für die alte Brigit; aber der Mittelpunkt meines Lebens war Dannsair. Jedes Mal, wenn ich auf ihr ritt, konnte ich es ein wenig besser. Bis zum zweiten vollen Mond nach *Imbolc* wankte ich nicht einmal mehr, wenn sie beim Wenden am Ende des Mittelgangs ins Rutschen kam.

Es war wunderbar.

Ich war so glücklich, dass ich auf dem Heimweg sang.

Eines Tages bat ich die alte Brigit um ein dickes Stück wollenen Stoff, den ich als Lappen benutzen konnte – ich wollte Dannsairs Fell nach unseren Ritten glatt und glänzend reiben. Sie gab mir Stücke von einer alten abgenutzten Decke und fragte mich nicht, wozu ich sie brauchte. Ihre Augen blitzten, und ich war mir sicher, dass sie ahnte, dass ich ein Geheimnis hatte. Schon länger kam ich immer später nach Hause. Aber sie sagte nichts, und ich war ihr auch dafür dankbar.

Ich brachte Dannsair bei, nach der Seite kehrtzumachen, die ich ihr zeigte. Es war nicht schwer: Ich musste nur ihren Nacken berühren und mich auf die entsprechende Seite neigen. Ich lobte sie jedes Mal, wenn sie mich richtig verstand.

Mir selbst brachte ich bei, sie bei der Mähne zu packen und mich auf ihren Rücken zu schwingen, wie ich es meinen Vater und seine Männer hatte tun sehen. Dannsair lernte schnell, sich meinem

Gewicht entgegenzustemmen, und stand dabei ganz still. Ich lernte ein wenig langsamer als sie. Denn ehrlich gesagt: Es ist schwerer, als es aussieht. Aber Dannsair war geduldig und lieb – sie beschnupperte mitleidig mein Haar, wenn ich wieder einmal zu viel oder zu wenig Schwung nahm und mich auf dem Hintern sitzend wiederfand.

Dannsair lernte anzuhalten, wenn ich »Halt!« sagte – es war dasselbe Spiel, das wir gespielt hatten, als sie noch ein Fohlen war. Nur saß ich jetzt auf ihrem Rücken. Es schien mir beinahe, als könne sie meine Gedanken lesen – und ich ihre.

Jeden Abend, bevor ich wegging, küsste ich Dannsairs seidene Stirn. Nachts strahlten die Sterne am Himmel, jeder neue Tag war länger als der vorherige und wärmer. Es ging auf *Beltaine* und den Sommeranfang zu.

Für meinen Clan war *Beltaine* ein Freudenfest, weil man es nach der hungrigsten Zeit im Jahr feierte. Die Kühe waren kurz vorm Kalben und würden bald Milch geben; alle wussten, dass es nun bald Käse und Sahne und Quark zu essen geben würde.

Nachdem das Wetter schöner geworden war, führten die Reiter die jungen Pferde wieder fast jeden Tag hinaus. So kam ich öfter früher nach

Hause, um der alten Brigit zur Hand zu gehen. Ich beschloss, Zaumzeug zu machen, und Brigit gab mir dafür das Stück Seil, das ich dafür schon gewebt hatte. Ich wollte dafür bezahlen, aber das nahm sie, wie üblich, nicht an. Kurz entschlossen kaufte ich ihr einen neuen Melkschemel, denn ihr alter war kaputt.

Das Seil für das Zaumzeug war fest und stark. Wenn ich es irgendwann brauchte, *musste* es stark sein – passend zu Dannsairs Charakter.

»Falls ich doch einmal ein Pferd besitzen sollte«, sagte ich der alten Brigit, als sie bemerkte, was ich vorhatte.

»Das wirst du, Trian«, sagte sie fest. »Vielleicht sogar viele Pferde. Es gibt Männer, deren Handwerk es ist, Pferde zu züchten.«

Ich nickte und fühlte Neid. Ja, Männer taten so etwas. Frauen nicht. Ich versteckte das fertige Zaumzeug in dem gewebten Leinensack, den die alte Brigit mir für meine Sachen gegeben hatte. Darin waren schon der lederne Wasserschlauch und der Mantel von Cormac, das Stück Stoff von dem alten gelben Umhang meiner Mutter und das neue Gewand, das die alte Brigit mir gemacht hatte. An dem Gewand hatte ich die goldene Pferdespange befestigt.

Bevor ich den Sack zurücklegte, drückte ich ihn einen Augenblick an meine Brust. Meine Vergangenheit war darin aufbewahrt – und meine Träume für die Zukunft.

## Kapitel zehn

*Ich werde meine Mutter tragen, die so lieb zu mir ist. Sie sitzt so ruhig, dass ich mich leicht unter ihr bewegen kann. Und sie tut mir nicht weh. Das hat sie noch nie getan.*

Eines Morgens mistete ich eine Box nicht weit von der Dannsairs aus, als der Stallmeister und zwei andere Männer in den Stall kamen.

Einer der Männer war groß und hager, der andere untersetzt und grauhaarig. Der hagere Mann sprach sehr wenig. Der Untersetzte hatte eine Menge zu sagen, aber er sprach mit einer dunklen, tiefen Stimme, die nicht weit trug.

Ich lauschte so unauffällig ich konnte. Der Stallmeister war zufrieden mit meiner Arbeit, und ich wollte ihm auf keinen Fall einen Grund geben, seine Meinung über mich zu ändern. Ich hätte die Vorstellung, wieder von Dannsair getrennt zu werden, nicht ertragen.

Niemals.

»Das hier vielleicht«, hörte ich den Stallmeister sagen. Ich schaute auf und sah die Männer vor der Box einer großen rotbraunen Stute.

»Du hast zwei Wochen Zeit, um die Pferde auszusuchen und mit ihnen zu arbeiten?«, fragte der Hagere.

Der Stallmeister nickte. »Das Rennen findet an *Beltaine* statt.« Er räusperte sich. »Zwei beliebige Pferde, beliebig alt, beliebig groß – aber nur zwei für jeden Besitzer, ob irisch oder normannisch.«

»Irisch?«, fragte der Untersetzte. »De Burgo hat die Iren zum Rennen eingeladen? Warum?«

Der Stallmeister antwortete ihm nicht, sondern zuckte nur die Achseln. Dann räusperte er sich wieder und spuckte ins Stroh.

Sie gingen an mir vorbei und nickten mir nicht einmal zu. Ich hielt den Kopf gesenkt, als sie vorüberkamen. Ich arbeitete weiter – und lauschte.

»Von der hier haben wir viel gehört«, sagte der Untersetzte nach einer Pause. »Ihre Mutter war die Wüstenstute, die verlorenging. Und ihr Vater ist Gealach? Der irische Häuptling ... wie heißt er noch?«

»McDonagh«, sagte der Stallmeister.

Der Mann nickte. »McDonagh wird es noch

leidtun, dass er sie weggegeben hat. Sie ist eine Schönheit.«

Mein Herz stand still. Ich schaute über die Schulter und sah die drei vor Dannsairs Box stehen. Sie hielt sich dicht bei der Rückwand, so weit wie möglich von den Männern entfernt. Sie wieherte. Es war ein Ruf nach *mir*. Aber ich konnte nicht zu ihr gehen – der Stallmeister hätte sofort bemerkt, wie sehr sie mir vertraute. Wenn er gewusst hätte, wie oft ich auf ihr geritten war ...

»Sie ist außergewöhnlich«, riss mich der Dünne aus meinen Gedanken. »Knapp zwei Jahre alt, stimmt's?«

»Nein. Sie ist eine Einjährige, nur groß und stark gebaut für ihr Alter«, antwortete der Stallmeister.

Ich drückte den Eichenstiel der Heugabel. Warum schauten sie sich ausgerechnet Dannsair an?

»Sie ist sehr muskulös für eine Einjährige«, sagte jetzt der Untersetzte. »Lässt du schon so früh mit ihr arbeiten?«

Ich stach blind vor Schreck die Heugabel ins schmutzige Stroh. Die vielen Abende, die wir auf und ab galoppiert waren, das Stampfen mit den Hufen und das Sich-Aufbäumen – wenn Dannsair muskulös war, dann vom Spielen mit mir.

Ich schaute auf und sah den Stallmeister erst den Kopf schütteln und dann die Achseln zucken. »Wenn das Wetter es zulässt, wird sie zum Galoppieren hinausgebracht. Aber nicht öfter als die anderen.«

»Ich glaube«, sagte der Dünne bedächtig, »so kräftig, wie sie ist, könnte sie die Strecke gut schaffen.«

»*Ist* sie so schnell, wie sie aussieht?«, fragte der Untersetzte.

»Der Junge, der sie hinausbringt, sagt, sie will immer nach vorn und galoppiert voraus, mehr ziehe sie ihn als er sie«, erzählte der Stallmeister. »Allerdings hat sie noch nie jemand geritten.«

Der dünne Mann öffnete jetzt die Tür zu Dannsairs Box. Sie drückte sich immer noch gegen die Rückwand, aber er versuchte nicht, sich ihr zu nähern. Er warf nur dem Stallmeister einen Blick über die Schulter zu. »Der Baron will einen Sieg?«

Ich sah den Stallmeister nicken. »Um jeden Preis«, sagte er. »Durch die Einladung der Iren fordert ihn De Burgo heraus. Der Baron wird nicht gegen das Pferd eines Iren verlieren wollen.«

Der Dünne kam wieder aus der Box heraus und zuckte die Achseln. »Wenn sie mir gehören würde, würde ich es versuchen. Mit einem leichten Reiter – hast du einen Jungen, der mit ihr umgehen kann?«

Der Stallmeister schüttelte den Kopf. »Welcher Junge könnte mit so einem Tier umgehen?«

Auf diese Frage erhielt er keine Antwort.

Auf dem Weg hinaus blieben die Männer noch vor drei weiteren Boxen stehen, aber ich hörte nicht mehr, was sie sagten. Ich hörte ihnen auch nicht mehr zu.

Ich stand wie gelähmt und musste mich zwingen zu atmen. Damit hatte ich nicht gerechnet – jedenfalls nicht so bald.

Wahrscheinlich würde der Stallmeister andere Pferde für das Rennen aussuchen, versuchte ich mich zu beruhigen. Dannsair war schnell und vielversprechend, aber sie war so jung – und er würde bestimmt keinen Jungen finden, der sie reiten konnte.

Dannsair ließ zu, dass ein fremder Junge sie hinausbrachte, aber nur, weil sie wusste, dass sie nur so überhaupt ins Freie kam. Wie oft hatte ich mir gewünscht, dass ich es sein konnte, der sie hinausbrachte – und sie wünschte es sich wahrscheinlich auch.

Zu Hause hatte es auch Pferderennen gegeben.

Mein Vater als Häuptling forderte andere Clans heraus, und sie traten mit ihren schnellsten Pferden an. Auch Wetten wurden abgeschlossen, und mein Vater bezeugte sie, damit niemand betrog.

Bebinn und Gerroc und ich hatten den Rennen oft vom kleinen Hügel oberhalb des Geheges zugeschaut. Ich liebte es, wenn die Pferde den langen sanften Anstieg zum Ziel hinaufgaloppierten. Wenn sie näher kamen, konnten wir ihr heftiges Schnauben hören – und den Jubel, der sie begleitete, bis alles ein einziger Lärm aus Schreien und Rufen und Hufeschlagen war.

Diese Gedanken an zu Hause brachten mich zum Lächeln, obwohl sie auch das Heimweh weckten. Dann erinnerte ich mich plötzlich an den Schrei eines braunen Hengstfohlens bei einem Rennen, als ich vielleicht fünf oder sechs Jahre alt war. Es war mit dem Vorderhuf in einem Brombeerdickicht hängen geblieben. Es stürzte und brach sich an zwei Stellen das Bein. Der Reiter hatte rechtzeitig abspringen können. Aber das Pferd …

Gerrocs Vater war sein Besitzer – er hatte es töten müssen, um es von seinen Schmerzen zu erlösen.

Mein Körper zuckte vor Abscheu bei dieser

furchtbaren Erinnerung, und ich ließ die Heugabel fallen. Der Stiel klapperte gegen die Boxenwand.

Ich stand still und atmete heftig.

Ich wollte nicht zusehen, wie Dannsairs Leben unnötig aufs Spiel gesetzt wurde. Ich konnte nicht zulassen, dass sie verletzt wurde. Wenn der Stallmeister sie für das Rennen auswählte, mussten wir fliehen. Wie auch immer.

# Kapitel elf

*Meiner Mutter tat es sehr leid, dass ich Schmerzen ertragen musste. Sie wird dafür sorgen, dass es nicht noch einmal geschieht.*

Am nächsten Morgen bei Sonnenaufgang rannte ich durch das Labyrinth der Wege von Athenry, die ganze Strecke bis zum Tor in der Einzäunung und zu den Ställen.

Fothud und Guaire kamen nicht lange danach und wir machten uns an die Arbeit. Ich hatte fast die Hälfte meines Teils der Arbeit hinter mir, als ich Stimmen hörte.

Ich schaute auf. Der Stallmeister kam diesmal mit zwei normannischen Jungen. Er führte sie direkt zu Dannsairs Box, und erst als er an mir vorüberging, sah ich, dass er Zaumzeug in den Händen hielt. Ich sah mir die Jungen an. Sie waren etwa so alt wie ich, nicht älter, und auffallend dünn und leicht. O nein, nein! Ich betete inständig zu den alten Göttern, den Feen und zur Heiligen Brigid – und musste zugleich so tun, als würde ich arbeiten.

»Trian«, rief der Stallmeister, »komm für einen Augenblick her!«

Unwillig trat ich aus der Box, die ich gerade saubermachte. Die beiden Jungen runzelten die Stirn, als sie mich sahen. Mir stockte der Atem. Ich erkannte einen von ihnen wieder. Als ich näher kam, lächelte er. Es war ein schmallippiges Lächeln, das nur als Beleidigung gemeint sein konnte. Er war einer der Quälgeister.

»Die Stute hat sich an Trian gewöhnt«, sagte der Stallmeister und machte mir ein Zeichen, dass ich kommen sollte. Er reichte mir das Zaumzeug. Ich sah mir die schwere Gebissstange an und wusste, was er als Nächstes sagen würde.

»Schau mal, ob du ihr das hier anlegen kannst.«

»Sie wird sich dagegen wehren«, sagte ich.

Er runzelte die Stirn. »Tu, was man dir sagt!«

Ich nahm das Zaumzeug und starrte auf die fingerdicke Eisenstange. »Es ginge besser ohne«, sagte ich so leise, wie ich konnte.

Der Stallmeister hob die Hand. »Wagst du es, mir zu widersprechen?«

Ich sah, wie der normannische Junge wieder lächelte. Er genoss, was er sah und hörte. Ich aber hatte keine andere Wahl, als dem Stallmeister zu gehorchen. Ich trat nach vorn. Wenn er entschlossen war, Dannsair das Zaumzeug anzulegen, würde ich ihn nicht davon abhalten können. Wenn ich es selbst versuchte, konnte ich wenigstens dafür sorgen, dass es sanft geschah.

Dannsair zitterte in ihrer Box. Ich ging zu ihr und redete ihr leise zu. Ich hatte meinen Vater, Conall und Dutzende anderer Männer einem Pferd das Zaumzeug anlegen sehen. Ich wusste, wie es gemacht wurde. Aber würde Dannsair es zulassen?

Dannsairs Ohren richteten sich nach vorn, als sie mich erkannte. Sie kam mir entgegen und hob dabei den Kopf so hoch, dass sie den Stallmeister und die Jungen im Auge behalten konnte.

Als ich nahe genug war, beschnupperte sie mein Gesicht. Als ich das Zaumzeug hob, schnupperte sie einen Augenblick daran und begann dann, an meinen Haaren zu knabbern.

»Das hier ist wichtig«, flüsterte ich und trat einen Schritt zurück, damit sie das Zaumzeug noch einmal anschauen konnte. Ich streichelte ihr Maul und ihren Nacken und ließ sie es noch einmal beschnuppern.

Ich holte tief Luft, hob die Gebissstange und

berührte damit ihre Lippen. Dann schob ich ihr vorsichtig die Hand ins Maul und legte den Daumen in die natürliche Lücke zwischen ihren Vorder- und Backenzähnen. Als sie das Maul aufmachte, um an meinem Daumen zu lutschen, setzte ich sorgfältig die Gebissstange ein.

Sie hob ruckartig den Kopf, als sie die kühle Eisenstange an der Zunge spürte, aber ich redete ihr weiterhin gut zu und hielt die Gebissstange fest, bis sie den Kopf weit genug nach unten bewegte, dass ich ihr das ganze Zaumzeug über Kopf und Ohren ziehen konnte. Dann verknotete ich die Seile neu, damit alles saß, wie es sitzen sollte. Schließlich trat ich zurück und gab ihr einen Klaps auf den Hals. Sie bewegte die Zunge unter der kalten Eisenstange und schüttelte unwillig den Kopf. Erst als ich sie tätschelte und lobte, rieb sie den Kopf an meiner Schulter.

»Gut gemacht«, sagte der Stallmeister.

Ich drehte mich um. Er hatte die Boxentür weit geöffnet und streckte die Hand nach den Zügeln aus.

»Ich bringe sie für Euch hinaus«, sagte ich und hoffte, er würde mir deswegen nicht böse sein. Ich wollte unbedingt in Dannsairs Nähe bleiben.

Er nickte kurz. »Halt sie ruhig!« Dann ging er

in Richtung des großen Tors am Ende des Mittelgangs und die Jungen folgten ihm. Dannsair und ich gingen hinterher. Wie wünschte ich mir, dass ich hätte aufsitzen und davonreiten können! Ich wünschte es mir und wusste doch, dass es nicht möglich war. Wenn wir überhaupt flohen, dann mussten wir weit von der Burg entfernt sein, bevor man unsere Flucht entdeckte, sonst konnten wir den Männern des Barons nicht entkommen.

Der Stallmeister führte uns hinaus, aber nicht zum Tor im Holzzaun, wo der Wächter stand. Er folgte dem engen Pfad zwischen den Ställen und ging dann auf die von Mauern umschlossene Weide zu.

Als wir innerhalb der Mauern waren, hob er den Jungen, den ich kannte, auf Dannsairs Rücken. Ich hielt den Atem an. Ich wünschte, sie würde ihn abwerfen, und wünschte es auch wieder nicht. Ich wollte nicht, dass sie dafür geschlagen wurde.

Dannsair war verdutzt, aber sie stand still. Der Stallmeister hatte noch die Zügel in der Hand.

»Reit langsam los«, sagte er zu dem Jungen. »Du musst sie dazu bringen, dass sie auf deine Fersen und die Zügel reagiert.«

Der Junge nickte und warf einen Blick auf

mich. Dann trat er wie ein Narr Dannsair hart in die Seiten und erschreckte sie. Als sie sich aufbäumte, verlor er das Gleichgewicht und rutschte seitlich von ihrem Rücken. Er wäre gestürzt, wenn er sich nicht an den Zügeln wieder hochgezogen hätte. Die Gebissstange musste Dannsair dabei schrecklich auf die Zunge drücken. Sie wieherte und bäumte sich wieder auf, diesmal vor Schmerz.

»Lass die Zügel locker!«, rief der Stallmeister dem Jungen zu. »Lass sie einfach laufen!«

Aber da war es schon zu spät. Dannsair war in Panik. Sie gehorchte ihrer Natur und versuchte, vor dem Schmerz davonzugaloppieren. Der Junge krallte sich in ihre Mähne und zerrte immer noch an den Zügeln.

»Er tut ihr weh!«, schrie ich.

Wenn er mich hörte, ließ er es sich jedenfalls nicht anmerken. Dannsair bäumte sich wieder auf, nur darauf bedacht, dem Schmerz der Eisenstange in ihrem Maul zu entfliehen. Und der Junge war zu sehr aus dem Gleichgewicht, zu erschrocken, um zu begreifen, was er tat.

Dannsair senkte den Kopf und galoppierte direkt auf die Mauer am anderen Ende der Weide zu. Dort machte sie mit einem Schlittern Halt, bäumte sich auf und machte kehrt, um zu uns zurückzugaloppieren.

Der Stallmeister rief dem Jungen zu, er solle sich festhalten, aber er konnte nicht. Es war das Wenden, das ihn den Halt verlieren ließ. Er rutschte seitlich von Dannsair herunter, in der einen Hand die Zügel, die andere in Dannsairs Mähne gekrallt.

Der Schmerz der Gebissstange, das Gewicht des Jungen ganz auf einer Seite, die Hand, die an ihrer Mähne zog – das alles war zu viel für Dannsair. Sie warf die Vorderbeine in die Luft, kam hart auf die Erde zurück und machte einen Satz zur Seite, dessen Wucht den Jungen endgültig abwarf.

Er schlug hart auf den Boden und blieb lange benommen liegen, bevor er sich regte und langsam wieder aufsetzte. Was er danach tat, kann ich nicht sagen, weil ich Dannsair zusah, die von dem Augenblick an, als der Junge stürzte, mit flatternder Mähne davongaloppierte.

Sie raste durch das Gehege und ihr Schritt wurde immer länger. Ich wartete darauf, dass sie irgendwann anhalten und zu mir zurückkehren würde. Doch das tat sie nicht. Stattdessen sprang sie genau zum richtigen Zeitpunkt ab und setzte über die Mauer.

Der Stallmeister rannte zurück zu den Ställen. Dannsair aber galoppierte auf das Tor zu, das der Wächter eben geöffnet hatte, um jemanden einzulassen. Dannsair galoppierte an ihm vorbei, bevor er wusste, wie ihm geschah. Es war beinahe komisch, wie er ihr ein »Stehen bleiben!« hinterher rief.

Ich rannte hinter Dannsair her, der Torwächter ließ mich passieren, und als ich das Knie aufschlug, rappelte ich mich auf und rannte weiter. Noch konnte ich Dannsair sehen. Sie genoss die unerwartete Freiheit und schüttelte den Kopf beim Versuch, die Gebissstange loszuwerden. Hinter mir hörte ich immer noch den Stallmeister schreien.

Dannsair rannte jetzt zur Stadtmauer. Sie nahm den Weg, den sie von ihren Ausflügen kannte, und ich brauchte einen Augenblick, um zu begreifen, was sie vorhatte. Die Stadtmauer war zu hoch, als dass sie sie hätte überspringen können. Aber sie sah das Nordtor am anderen Ende der Mauer weit offen stehen. Davor lag das offene Feld und nicht weit davon der schützende Wald. Das wusste sie.

Das große Tor stand offen, weil gerade eine Reihe von Händlern mit ihren Karren um Einlass bat, und die Wächter des Barons schauten nach draußen, nicht nach drinnen. Sie mussten Dannsair hören, aber wie hätten sie wissen sollen, dass der Klang der Hufschläge von einem flüchtenden Pferd kam und nicht von einem, auf dessen Rücken ein Reiter saß? Keiner von ihnen drehte sich auch nur um.

Dannsair war schnell wie der Wind an ihnen vorbei, und die Karrenlenker schrien und fluchten hinter ihr her, weil sie ihre Esel erschreckte.

Ich rannte noch schneller, obwohl ich wusste, dass es aussichtslos war. Als Dannsair durch das Tor galoppierte, war ich noch mindestens hundert Schritte davon entfernt. Ich blieb stehen und spürte, wie mir die Tränen in die Augen schossen.

Ich schaute mich um und sah niemanden, der mir folgte. Wie musste der Stallmeister fluchen, dass er sich nicht selbst ein Pferd aufgezäumt hatte! Dann hätte er hinter Dannsair her galoppieren können. Bestimmt holte er sich gerade ein Pferd aus dem Stall, um die Verfolgung aufzunehmen.

Ich überlegte fieberhaft: Wenn Dannsair zum Wald lief, konnte ich sie unmöglich einholen. Aber vielleicht nahm sie den Weg außen an der Stadtmauer entlang. Den nahmen die jungen Reiter, die sie ausführten, das wusste ich. Wenn sie es tat, und wenn sie womöglich zögerte, weil sie selbst nicht wusste, wohin sie sich wenden sollte – dann konnte ich sie vielleicht noch erreichen. Ich musste nur den Weg abkürzen. Das hieß, ich musste über die Stadtmauer klettern. Von innen war das möglich. Dort waren die Steine nicht so glatt verfugt wie an der Außenseite.

Verzweiflung ließ mir die Beine leicht werden, als ich zur Stadtmauer lief. Noch nie in meinem Leben war ich so schnell gerannt; fast wäre ich gegen die Mauer gelaufen. Ich nutzte die kleinen Vorsprünge und die Ritzen zwischen den Steinen, um nach oben zu klettern. Oben angekommen, stürzte ich mehr auf die andere Seite, als dass ich sprang.

Mit blutigen Fingerkuppen rappelte ich mich auf. Im Klettern hatte ich Dannsairs Schnauben gehört. Jetzt sah ich sie schon ein gutes Stück von mir entfernt in Richtung Wald abbiegen.

»Dannsair!«, rief ich, so laut ich konnte. »Dannsair!«

Sie zuckte mit den Ohren und reckte den Hals.

»Dannsair!«

Sie hörte mich! Sie wurde langsamer und kam in einem großen Kreis zu mir zurück. Ich sah Blut an ihrem Maul – die Gebissstange hatte sie verletzt. Aber sie war ganz ruhig, als sie vor mir stehen blieb.

Ich legte meinen Arm um ihren Hals und weinte. Dann nahm ich ihr mit zitternden Händen das Zaumzeug ab. Ich lehnte mich an sie, und sie stand still, als wolle sie warten, bis ich zu weinen aufhörte, bevor wir zusammen überlegten, wie es weitergehen sollte. So standen wir noch, als der Stallmeister geritten kam. Vier Wächter des Barons waren bei ihm. Zu fünft bildeten sie mit ihren Pferden einen lockeren Kreis um Dannsair und mich.

»Leg ihr das Zaumzeug wieder an!«, sagte der Stallmeister streng.

Ich schüttelte den Kopf. »Ihr Maul ist verletzt. Und *ich* brauche es nicht.«

Seine Augen blitzten böse. Gleich würde er den Männern befehlen, mir Dannsair wegzunehmen, das sah ich ihm an. Doch bevor er es tun konnte, griff ich mit der linken Hand in Dannsairs Mähne und schwang mich auf ihren Rücken. Ich hörte, wie sich die Männer leise räusperten.

»Sie ist erschöpft und erschrocken«, sagte ich so ruhig wie möglich. »Darf ich sie jetzt zum Stall zurückbringen, Sir?«

Der Stallmeister nickte mit so unbeweglicher

Miene, als hätte er schon immer gewusst, dass ich Dannsair reiten konnte. Ich streichelte sanft ihren Nacken, und sie drehte sich um und fiel in einen ruhigen Galopp. Zu sechst ritten wir durchs Tor in die Stadt, Dannsair und ich voran.

# Kapitel zwölf

*Mein Maul tut weh und ich bin zurück an dem dunklen Ort. Ich hoffe nur, dass meine Mutter bald kommt und in meiner Nähe bleibt. Die anderen machen mir Angst.*

Am nächsten Morgen traf mich der Stallmeister vor Dannsairs Box. Da er nicht wusste, dass ich ihn und seine beiden Besucher belauscht hatte, erzählte er mir von dem Rennen und setzte, als wäre es das Selbstverständlichste von der Welt, hinzu, ich könne Dannsair reiten, ich müsse ihm nur beweisen, dass ich auch unter schwierigen Bedingungen mit ihr umgehen könne.

Mein Herz schlug wie wild, und ich versuchte verzweifelt, einen klaren Gedanken zu fassen. Ich war mir sicher gewesen, dass er Dannsair nicht mehr ins Rennen schicken wollte, und hatte mich darüber gefreut. So konnte sie sich nicht verletzen. Wenn er sie aber doch ins Rennen schickte, war es dann nicht besser, wenn ich sie selbst ritt?

So konnte ich wenigstens dafür sorgen, dass sie nicht unnötig Gefahren ausgesetzt wurde. Ob sie gewann oder nicht, war sowieso nicht wichtig.

»Der Gewinner erhält einen Preis«, fuhr der Stallmeister fort. »Einen großzügigen Preis. Gold- und Silbermünzen.«

*Damit* hatte ich nicht gerechnet.

»Genug, dass ich Dannsair kaufen kann?«, rutschte es mir heraus. Das hätte mir nicht passieren dürfen!

Ich biss mir auf die Lippen und beschloss, ihm die Wahrheit zu sagen. »Ich nenne sie so.«

»Dannsair«, sagte er und nickte. »Ich habe schlechtere Namen für ein Pferd gehört.«

»Wäre es genug?«, fragte ich noch einmal.

Er sah mich an und nickte dann bedächtig. »Vielleicht. Ich werde den Baron fragen.« Dann ging er davon. Doch kurz vor der Stalltür drehte er sich noch einmal um. »Hast du je ein Pferd ohne Sattel geritten?«, fragte er.

Ich nickte, froh, dass er nicht das Gegenteil gefragt hatte. Ich hatte noch nie ein Pferd *mit* Sattel geritten.

»Gut. Wenn du ohne Sattel reitest, trägt das Pferd weniger Gewicht. Leg ihr das Zaumzeug an. Wir fangen heute Morgen noch an.«

»Sie braucht kein Zaumzeug«, sagte ich. War das auch ein Fehler?, überlegte ich erschrocken.

Vier oder fünf Herzschläge lang sah er mir nur in die Augen. Dann sagte er: »Hast du sie geritten? Wo? Und lüg mich nicht an!«

Ich zögerte. »Sie war so rastlos und einsam … und ich auch …« Ich machte eine Pause und fühlte, wie ich rot wurde. Ich hatte mehr preisgegeben, als ich eigentlich wollte.

Zum ersten Mal wurde das Gesicht des Stallmeisters weicher.

»Es war nicht böse gemeint«, sagte ich und machte meine Schultern gerade. Ich sah ihm in die Augen.

Er atmete tief durch und rieb sich das Kinn. »Ich glaube dir. Und vielleicht hast du mir ja einen großen Gefallen getan«, sagte er. »Sag mir die Wahrheit: Wie oft bist du mit ihr geritten?«

Ich erzählte es ihm.

»Nie außerhalb des Stalls?«

Ich schüttelte den Kopf.

»Ohne Zaumzeug?«

Ich nickte.

Er kam ein paar Schritte auf mich zu. »Führ sie hinaus. Zeig es mir«, sagte er.

Dannsair kam ruhig heraus, als ich ihr die

Boxentür öffnete. Ich schwang mich auf ihren Rücken und ritt bis zum Ende des Mittelgangs. Sie kam beim Anhalten ein wenig ins Rutschen, dann wendete sie, wie sie es immer tat, rechts herum, weil ich die rechte Seite ihres Halses berührte. Wir galoppierten zurück.

Die Augenbrauen des Stallmeisters hoben sich, als ich Dannsair vor ihm zum Stehen brachte. »Brrrr«, machte ich und Dannsair blieb stehen.

Der Stallmeister sah aus, als hätte ich ihm ein Geschenk überreicht. »Wenn du das Rennen gewinnst«, sagte er langsam, »wird der Baron sehr glücklich sein.« Er sah Dannsair an. »Sie kann es schaffen, glaube ich. Ihr beiden holt den Preis.«

»Die einzige Belohnung, die ich will, ist sie«, sagte ich leise.

»Ich werde den Baron fragen, ich sehe ihn heute Abend«, antwortete er.

Ich lächelte und wurde ganz schwach vor Erleichterung. *Ich* würde Dannsair in dem Rennen reiten, nicht irgendein dummer Junge, der ihr vielleicht die Beine brach, weil er unbedingt gewinnen wollte. Und da war die Aussicht, dass ich sie nach dem Sieg behalten durfte. Falls der Baron damit einverstanden war. *Falls.*

Der Stallmeister reichte mir wieder das Zaumzeug. »Leg es ihr an. Ich will sie mit hinausnehmen.«

»Sie hasst die Gebissstange, Sir«, sagte ich vorsichtig. »Ihr Maul hat geblutet.«

»Gehorcht sie dir wirklich ohne?«

»Ja«, sagte ich und überlegte, ob ich das Zaumzeug holen sollte, das ich gemacht hatte. Ich beschloss, es nicht zu tun. Es hätte ihm mehr über mich verraten, als er wissen sollte.

»Warte hier«, sagte der Stallmeister und ging hinaus.

Kurz darauf kam er mit einem Zaumzeug wieder, das keine Gebissstange hatte, nur ein Kopfstück aus Leder und die Zügel. Ich zog es über Dannsairs Kopf. Sie stand still, weil sie begriff, dass ich ihr nichts ins Maul schieben wollte.

An diesem ersten Tag ließ mich der Stallmeister Dannsair in weiten Kreisen innerhalb der Stadtmauer reiten, meistens auf der Wiese zwischen den letzten Häusern der Stadt und dem Zaun vor den Ställen. Er ließ mich auf- und absteigen und sah zu, wie sie sich beim leichten Gehen, dann beim Traben und schließlich beim Galopp benahm. Dann brachten wir sie zurück in den Stall.

Als ich abends nach Hause ging, war ich voller Hoffnung. Der Baron würde mir Dannsair nicht gern geben wollen. Aber es ging beim Rennen auch um seinen Stolz. Ich würde ihm dafür den Preis überlassen, den der unterlegene Baron von Galway einsetzte. In Gedanken legte ich meine Wange gegen die von Dannsair. Wenn der Baron von Athenry einverstanden war, mussten wir nur noch das Rennen gewinnen. Dann konnte ich mich endlich auf den Weg nach Hause machen, und meine Dannsair kam mit.

# Kapitel dreizehn

*Meine Mutter kommt jetzt jeden Tag und bringt mich nach draußen. Jeder Tag im Galopp über Wiesen – ich bin so glücklich.*

Der Stallmeister brachte einen neuen Stalljungen, der meine Arbeit machen sollte. Fothud und Guaire versprachen, mich beim Rennen anzufeuern. Ich freute mich darüber. Ihre Unterstützung bedeutete mir viel.

Natürlich erzählte ich der alten Brigit, dass ich das Rennen mitreiten würde, auch dass ich, wenn ich gewann, vielleicht das Pferd behalten durfte, das ich ritt. Mehr erzählte ich ihr nicht. Sie war so froh für mich, dass sie uns ein besonderes Abendessen mit frischem Gemüse und Rehfleisch zubereitete.

Nachdem wir gegessen hatten, gab sie mir ein Stück Leder, mit dem ich mein Haar zu einem kurzen Pferdeschwanz zusammenbinden sollte. Sie lächelte und ihre Augen funkelten dabei.

»So siehst du wieder wie ein richtiger Junge aus – und du wirst sehen können, wohin du galoppierst.«

Ich fragte mich nicht zum ersten Mal, ob sie nicht wusste, dass ich in Wirklichkeit ein Mädchen war, und es mich nur nicht merken ließ. Ich wollte es ihr an den Augen ablesen, aber sie stand schon wieder über das Feuer gebeugt. Später saßen wir nah beieinander, glücklich und still wie meistens. Ich wüsste nicht zu sagen, woran sie an dem Abend dachte. *Ich* träumte von Dannsair und davon, wie ich immer mit ihr zusammen war – in Freiheit.

Als ich am Morgen erwachte, sah ich, dass die alte Brigit vor mir aufgestanden war. Sie hatte schon Gerstenbrei zubereitet und Butter dazugegeben. Wir aßen zusammen.

»Lerne gut, und ich bin mir sicher, dass du gewinnen wirst«, sagte sie.

Ich nahm ihre Worte mit zu Dannsair, an diesem Morgen und allen anderen, die noch folgten.

»Der Baron ist einverstanden«, verkündete mir der Stallmeister noch am selben Tag.

Mir stockte der Atem, dann tanzte ich im Kreis und lachte. Bis ich mich daran erinnerte, dass ich besser gerade stehen und meine Stimme tiefer klingen lassen sollte.

»Und er ist ein Mann von Ehre und Gewissen?«, fragte ich.

Der Stallmeister nickte. »Natürlich.« Dann gab er mir das Zeichen. »Zäum sie auf und komm mit!«

Es gab auch eine kleine umzäunte Weide innerhalb der Burgmauern, auf der er jüngeren normannischen Jungen das Reiten beibrachte. Es war derselbe Ort, an dem die älteren Jungen das Kämpfen lernten: wie man das Schwert führte und den Schild hielt und wie man sich in schweren Kettenhemden bewegte. Von nun an mussten sie für eine Weile anderswo üben; der Stallmeister ließ sie die Weide für mich und Dannsair frei machen.

Ich liebte es, dorthin zu gehen. Innerhalb der hohen Burgmauern gab es wahre Wunder. Ich sah Gärten voller Kohl und Sellerie, aber auch mit Pflanzen, die ich überhaupt nicht kannte. Es gab Hühner, die in der Erde nach Käfern pickten, und unter ihnen war ein fremdartiges, dunkel gesprenkeltes Huhn, wie ich es noch nie zuvor gesehen hatte. Ein riesiger Vogel besaß so unglaublich schöne Schwanzfedern, dass ich zuerst nicht glauben mochte, dass es so etwas wirklich gab. »Pfau« nannte ihn der Stallmeister. Ich sah sogar normannische Mädchen reiten. Ihre Pferde standen in einem kleinen Stall im Bergfried der Burg. Die Mädchen ritten graziös und lachten dabei und spielten Spiele. Ihre Kleider, so bunt wie Blumen, hoben und senkten sich mit dem Gang ihrer Pferde.

»Lass sie galoppieren!«, sagte der Stallmeister, sobald wir die Weide erreichten.

Dann lehnte ich mich nach vorn, und Dannsair setzte sich in Bewegung, mit erhobenem Kopf und gespanntem Nacken. Ich nahm ihren Rhythmus auf, damit sie mein Gewicht so wenig wie möglich spürte. So galoppierte ich mit ihr im Kreis. Das war es, was der Stallmeister mir beibrachte: nicht, wie *ich* das Gleichgewicht hielt, sondern wie ich Dannsair helfen konnte, *ihres* zu halten.

Es war eine Freude, Dannsair zu reiten, den Himmel über uns zu spüren und das feuchte Gras unter ihren Hufen zu riechen. Was mir nur noch fehlte, war der Wind in den Haaren, dann hätte sich mein ewiger Traum vom Reiten schon jetzt erfüllt. Warum mir der Wind in den Haaren so wichtig war, hätte ich nicht sagen können. Noch trug ich sie zusammengebunden und dachte nicht daran, das zu ändern. Für einen Jungen waren sie schon lang genug …

»Das Gewicht nach vorn!«, rief der Stallmeister mir zu. »Bring sie mit den Knien und dem Bauch zum Galoppieren, nicht mit den Fersen oder den Händen!«

Ich hörte Gelächter und warf einen Blick zur Seite. Die drei normannischen Jungen standen dort. Ich schaute schnell wieder nach vorn.

»Weg mit euch!«, hörte ich den Stallmeister rufen. Da drehten sie sich um und rannten blitzschnell davon.

»Das Gewicht nach vorn!«, rief der Stallmeister wieder. »Zieh die Knie an! Du musst es fühlen, wenn du im rechten Gleichgewicht bist. Versuch's, und du wirst merken, wie sich ihr Schritt verlängert.«

Ich zog die Knie an und merkte genau, wie Dannsair ihren Schritt verlängerte.

»So ist es gut!«, rief der Stallmeister. »Behalte das Tempo bei!«

Dannsair war glücklich, das spürte man bei jedem Schritt. Sie galoppierte im Kreis, bis ihre Flanken schweißnass waren.

Als der Stallmeister rief, dass ich anhalten solle, zog ich nur leicht an den Zügeln. Und sie fiel in Trab und hielt genau da an, wo ich es ihr sagte.

»Besser als die meisten«, sagte der Stallmeister,

als wir vor ihm standen. »Besser als die meisten nach Jahren harter Arbeit.«

Ich dachte, er spreche von Dannsair, und lächelte.

»Du kannst gut reiten«, sagte er. »Du hast Talent, Junge.«

Mein ganzes Leben lang hatte ich reiten wollen. Und nun konnte ich es *gut*? Ich hätte nicht glücklicher sein können. Beinahe verlegen schaute ich mich um und entdeckte Niall, der mit seinem Vater auf das Hauptgebäude der Burg zuging. Ich erinnerte mich daran, dass sein Vater für den Baron arbeitete. Niall war wahrscheinlich schon oft hier gewesen. Er winkte mir zu und ich winkte zurück. Dann machte ich meine Schultern gerade und reckte das Kinn.

»Der Baron wird es nur nicht mögen, dass du ohne Sattel reitest wie ein Ire«, sagte der Stallmeister lächelnd. »Aber er will gewinnen. Und morgen werde ich dir wenigstens ordentliche Kleider bringen.«

*Ordentlich* hieß für ihn *normannisch*. Am nächsten Morgen brachte er mir Beinkleider und ein Hemd und bat mich, beides anzuziehen, bevor ich mit Dannsair zum Übungsplatz kam. Ich stand an der Rückwand von Dannsairs Box und lauschte in die Stille, ob auch wirklich niemand außer mir im Stall war, bevor ich die Kleider wechselte. Ich machte ein paar Probeschritte: Es würde eine Weile dauern, mich an den steifen Stoff des Hemdes und den merkwürdigen Schnitt der Hose zu gewöhnen. Dann führte ich Dannsair hinaus.

An den Tagen, die nun folgten, ritt ich so viel, dass meine Beine und mein Rücken schmerzten. Eine Woche lang galoppierten wir hart und immer schneller um die Burgweide, stundenlang. Der Schmerz ließ mich die normannische Kleidung bald vergessen.

Zweimal sah ich, wie Leute aus einem Fenster an der Burg zuschauten. Einmal erhaschte ich einen kurzen Blick auf weißes Haar und wusste, dass das der Baron sein musste. Ich hätte ihm gern ein Danke zugerufen, aber ich traute mich nicht.

Dann kam der Tag, an dem der Stallmeister eine große braune Stute sattelte und wir Seite an Seite ritten. Es ging durch das Nordtor aus Athenry hinaus in Richtung Wald. Bald sah ich die Stechpalme, auf der ich gesessen hatte.

»Reite vor mir!«, sagte der Stallmeister. »Halte den langsamen Galopp, ich sag dir rechtzeitig, wo du hin musst.«

Dannsair verstand von allein. Wie könnte ich je beschreiben, welch eine Freude es war, mit ihr hügelauf und hügelab zu galoppieren, unter den gesprenkelten Schatten der Bäume und im strahlenden Sonnenschein!

»Folge dem Bach!«, rief der Stallmeister hinter mir, und wir ritten den Bach entlang, in dem ich gebadet hatte, als ich noch nicht wusste, wie ich jemals in die Stadt gelangen sollte.

»Zum Hügel!«, rief der Stallmeister, und ich folgte dem Pfad, der sich auf die größte Erhebung um Athenry hinaufschlängelte, auf den Hügel, den Dannsair schon kannte, weil die jungen Reiter sie dorthin ausgeführt hatten. Auf dem Rückweg kamen wir direkt an der Stechpalme vorbei.

Am darauffolgenden Tag verließen noch sechs andere Reiter mit uns den Stall. Ich erkannte zwei von ihnen. Einer war der normannische Junge, der mich dafür hasste, dass ich seinen Platz auf Dannsairs Rücken eingenommen hatte, der andere war Niall. Ich hielt mich mit Dannsair am Rand der Gruppe und vermied es, mit jemandem zu reden. Ich ritt mit geradem Rücken und gerecktem Kinn, aber ich fühlte mich nicht wohl in meiner Haut und fehl am Platz.

Stadt und Burg lagen schon ein Stück hinter uns, als uns der Stallmeister die Rennstrecke zeigte. Wir ritten sie zusammen ab, erst im Schritttempo, dann noch einmal im leichten Trab.

Die Rennstrecke begann und endete auf dem freien Feld zwischen dem Nordtor und dem Wald. In einem langen Bogen ging es den hohen Hügel hinauf und wieder hinunter, dann eine Weile über flacheres Gelände, ein Stück durch den Wald und wieder zurück auf das freie Feld zum Ausgangspunkt.

Die Strecke war nicht zu schwer. Es gab den steilen Aufstieg zum Hügel, der die Pferde ermüden würde, und eine Stelle beim Abstieg, an der es steil nach unten ging. Dort konnte sich ein Pferd leicht verletzen, wenn man es zu sehr antrieb. Dannsair tänzelte, als wir den Trab um die Strecke beendet hatten. So viele Pferde und Menschen war sie nicht gewöhnt.

Der Stallmeister hieß uns jetzt in einer Reihe nebeneinander aufstellen und wir verstanden: Er ließ uns Proberennen machen, nicht die ganze Strecke, nur bis zu der Stelle, zu der er vorausreiten würde. Wir sollten zeigen, was wir konnten. Er würde uns das Zeichen zum Start geben.

Ich brauchte nur zwei Durchgänge, bis ich

spürte, wie sich Dannsairs Muskeln vor dem Start spannten. Beim fünften oder sechsten Mal lagen wir von der Startlinie an vor allen anderen.

Es brauchte noch zwei, drei dieser kurzen Rennen, bevor ich begriff, dass es dem Stallmeister nur um die anderen Pferde ging: Er suchte das zweite Pferd, das für den Baron antreten sollte.

Alle Pferde waren schnell, aber das war nicht das Einzige, worauf es ankam. Niall ritt ein großes rotbraunes Pferd, das sich die ganze Zeit gegen ihn wehrte, sich zu wenden weigerte und dabei den Kopf nach hinten warf. Der normannische Junge saß auf einer grau gesprenkelten Stute, die andere Pferde zu hassen schien, so legte sie die Ohren an, wenn eines in ihre Nähe kam. Man konnte es mit der Angst bekommen, wenn man ihre weiß geränderten Augen sah. Die anderen Reiter waren älter als Niall, der Junge und ich, wenn auch nicht viel. Der Stallmeister machte sich offenbar auch Gedanken über das Gewicht, das die Pferde tragen mussten.

Wir ritten die Strecke noch zweimal im leichten Galopp, dann brachten wir die Pferde im Trab zurück zu den Ställen. Ich sah den Stallmeister mit dem leichtesten der jungen Männer reden. Dessen Fuchs hatte leicht mit Dannsair Schritt halten können – ich war mir sicher, dass der Stallmeister seine Wahl getroffen hatte.

Mit mir redete niemand, nicht einmal Niall. Vielleicht, weil er zu sehr damit beschäftigt war, sein Pferd im Zaum zu halten.

Ich war darüber nur froh.

Wahrscheinlich hassten sie mich alle. Sie waren da, weil sie gut ritten, und sie hatten es langsam und sorgfältig gelernt. Ich war bis vor kurzem noch Stalljunge gewesen, einer, der Ställe ausmistete. Wenn sie auch nur das Geringste entdeckten, was mich verdächtig machte, würden sie dem Stallmeister davon erzählen.

Am nächsten Tag ritten wir noch einmal zur Probe. Diesmal gab der Stallmeister das Zeichen, das man auch am Renntag geben würde. Er hob den Arm und rief: »Auf die Plätze – los!«

Dannsair hatte die Bedeutung der Worte nach vier oder fünf Starts begriffen – sie hatte ja schon andere gesprochene Befehle gelernt. Für mich wurde es dadurch leicht. Ich musste nur warten und durfte den Augenblick nicht verpassen, in dem sie losgaloppierte.

Noch zweimal ritten wir an diesem Tag die ganze Strecke ab. Es würden an jedem Abschnitt Kontrollposten stehen. Wer versuchte, den Weg abzukürzen, wurde vom Rennen ausgeschlossen.

Wir ritten im leichten Galopp, doch diesmal war es schwer, Dannsair zurückzuhalten. Sie liebte das Galoppieren und wollte immer an der Spitze sein. Nach der ersten Runde nahm mich der Stallmeister beiseite.

»Ein Rennen gewinnt man am Ende, nicht am Anfang«, sagte er ernst. Er wartete, bis ich ihm in die Augen schaute, und fuhr fort: »Lass dich nie so weit zurückfallen, dass du nicht mehr aufholen kannst, und glaub nie, dass du gewonnen hast, bevor du die Ziellinie erreichst.«

Ich nickte.

»Und schneide nie die Kurven, auch nicht ein klein wenig – wer betrügt, kann nicht gewinnen.«

Ich nickte wieder und wartete, ob er mir noch etwas anderes sagen wollte, doch er schwieg. Wir ritten zu den Ställen, und jetzt entdeckte ich etwas, was ich am Morgen noch nicht bemerkt hatte: Zelte wurden am anderen Ende des freien Feldes vor der Stadtmauer aufgeschlagen. Die irischen Teilnehmer des Rennens waren angekommen.

Am nächsten Morgen sah ich aus der Ferne zu, wie den irischen Reitern die Rennstrecke gezeigt wurde. Da gab es einen kastanienbraunen Hengst mit langem, kraftvollem Schritt, der mir Sorgen bereitete. Seine Hufe schienen kaum den Boden zu berühren.

Als ich später hinausging, bemerkte ich einen Jungen mit wilden roten Locken.

Cormac?

Ich sah, wie er sich mit anderen Jungen unterhielt, sah, wie er sich bewegte, und war mir sicher:

Er *war* es.

Ich war erstaunt. Kamen Leute von so weit her? Ich ließ den Blick schweifen und sah auch Conall, der mich und Dannsair gefangen gehalten hatte. Er stand abseits und sah den Pferden nach, die eben an ihm vorübergaloppierten.

Ich hielt nach Dannsairs Vater Ausschau, aber er war nicht darunter. Natürlich, Conall und Cormacs Vater würden den wertvollen Hengst aus demselben Grund nicht am Rennen teilnehmen lassen, der mich um Dannsair hatte bangen lassen. Sie wollten nicht, dass er sich verletzte.

Conall und Cormac würden Dannsair irgendwann bemerken. Aber würden sie *mich* nicht auch erkennen? Nicht während des Rennens und aus der Ferne, aber vielleicht danach? Nein. Mit meinen kurzen zurückgebundenen Haaren und den normannischen Kleidern sah ich aus wie alle anderen Jungen aus Athenry. Das redete ich mir jedenfalls ein, so lange, bis ich es zu glauben anfing. Sie würden mich nicht erkennen, ich durfte ihnen nur nicht zu nahe kommen! So dachte ich, und die nächsten Tage wurden die schwierigsten für mich, weil ich wenig zu tun und viel zu viel Zeit zum Denken hatte. Der Stallmeister erlaubte Dannsair und dem Fuchs nur einen leichten Ausritt am Morgen und bestand dann darauf, dass beide Pferde sich ausruhen mussten.

Athenry wimmelte inzwischen von Menschen, die sich auf *Beltaine* vorbereiteten – sie hatten mehr zu essen, als unser Clan je um diese Jahreszeit gehabt hatte. Die Jäger des Barons waren fast jeden Tag unterwegs, und auf dem Markt gab es Fleisch von Rehen und Wildschwein im Überfluss.

»Gib mir irgendeine Arbeit«, bat ich schließlich Brigit. »Wenn ich arbeite, mache ich mir nicht ständig Sorgen.«

Sie zeigte lächelnd auf einen Stapel Birkenrinde und einen Sack Fieberklee daneben. »Das alles muss zermahlen und zerstampft werden. Ein Mann hat einen Umhang bestellt. Er möchte dunkle Farben, damit er sich beim Jagen näher ans

Rotwild heranpirschen kann.« Sie zögerte einen Augenblick und hob die Augenbrauen, dann fuhr sie fort: »Vielleicht ist er nicht besonders gut mit dem Bogen?«

Wir lachten und ich machte mich an die Arbeit. Bald war ich zu erschöpft, um mir Sorgen zu machen. Stattdessen verfiel ich in Tagträumereien …

Nach dem Rennen, wenn Dannsair mir gehörte, würde ich nach Hause reiten. Meine Mutter würde zufällig aus dem Haus treten und mich kommen sehen. Auf einem Pferd! Ihr Gesicht würde sich aufhellen, wenn ich näher kam und schließlich von Dannsairs Rücken glitt, um sie zu herzen. Bebinn, Gerroc, Magnus und Tally, meine ganze Familie, all meine Freunde – es würde wunderbar sein, sie wiederzusehen. Mein Vater war vielleicht noch zu Hause, noch nicht wieder irgendwo in einer seiner Schlachten. Hier kamen meine Gedanken zu einem Halt – würde mein Vater mir Dannsair wegnehmen?

Das könnte sein.

Ich schlug mit dem Mahlstein auf die Borke ein. Ich wollte arbeiten, um mir nicht schon wieder Sorgen zu machen. Und vor allem musste ich erst einmal das Rennen gewinnen.

# Kapitel vierzehn

*Ich kann fremde Pferde riechen und höre viele fremde Stimmen. Ich hoffe, dass meine Mutter bald kommt. Wir wollen wieder unter freiem Himmel galoppieren.*

Am nächsten Morgen führte ich Dannsair durch das Nordtor. Vor mir ging der Stallmeister mit seinem Pferd, hinter mir der junge Mann mit dem Fuchs. Hunderte Menschen hatten sich versammelt und standen entlang der Rennstrecke aufgereiht. Für kurze Zeit war mir bange, dass mich jemand erkennen könnte. Ich hielt den Kopf gesenkt und warf nur hin und wieder einen Blick in die Menge, ob irgendwo Conall und Cormac standen. Ich war erleichtert, als ich sie nicht entdeckte, und sagte mir, dass sich alle viel zu sehr für die Pferde interessierten, als dass sie auf das Gesicht der Reiter achteten. Aber natürlich: Dannsair würden die beiden wiedererkennen; sie kannten sich gut mit Pferden aus. Ich war unruhig, als wir uns der Startlinie näherten. Man hatte sie für den Renntag mit zwei blauweißen Pfählen markiert.

Es gingen sechzehn Pferde an den Start. Als wir uns aufstellten, begann die Menge zu rufen und ihre Lieblinge anzufeuern.

Ich legte die flache Hand auf Dannsairs Nacken.

Sie zitterte.

Wie ich auch. Aber ich zwang mich zur Ruhe und redete leise mit ihr.

»Wir sind beide noch sehr jung, aber du bist das schnellste Pferd hier«, sagte ich. Ich rieb ihren seidenen Nacken und zog sanft an ihrer Mähne, dabei erzählte ich ihr davon, dass wir bald frei sein würden. Aber ich vergaß auch nicht, was mir der Stallmeister beigebracht hatte.

»Auf die Plätze!«, rief ein Mann in einem leuchtend blauen Mantel, und plötzlich war es totenstill.

Ich fühlte, wie Dannsairs Körper sich spannte. Sie war bereit.

»Los!«, rief der Mann im blauen Mantel und die Menge brach in Jubel aus.

Dannsair startete mit einem Riesensatz und war schon einen halben Kopf voraus, bevor eines der anderen Pferde sich überhaupt bewegte. Ich saß fest, weit über ihren Widerrist und Hals gebeugt, als Dannsair den zweiten Galoppsprung machte und den dritten. Es war die reine Freude zu spüren, wie schnell sie einen gleichmäßigen Rhythmus fand. Wir waren gut gestartet und hatten die anderen Pferde hinter uns gelassen.

Dannsair flog mühelos dahin, und dennoch holten uns zwei andere Reiter nicht weit vor der ersten leichten Kurve ein. Der kastanienbraune Hengst mit dem kraftvollen Schritt war plötzlich neben uns. Der Ire, der es ritt, musste bald doppelt so schwer sein wie ich, aber sein Pferd sah aus, als könnte es ihn den ganzen Tag lang um die Rennstrecke tragen. Das zweite Pferd, das uns einholte, war eine unscheinbare graubraune Stute mit einem seltsam eckigen Gang und einem stumpfen Maul.

Ich versuchte mich weiter im Einklang mit Dannsair zu bewegen. Sie durfte mein Gewicht nicht spüren, damit sie ihre ganze Kraft aufs Laufen verwenden konnte.

Die Rufe der Menge wurden leiser, als wir uns dem Hügel näherten. Dafür wurde der Klang der Hufschläge lauter. Dannsair lief gut, schnell und doch kontrolliert, ihr Schritt war lang und dennoch unbeschwert. Aber auch die anderen Reiter wussten, dass sie ihre Pferde noch längst nicht mit voller Kraft laufen lassen durften.

Als wir den Fuß des Hügels erreichten, war von der Menge nichts mehr zu hören – es gab nur noch den Klang der Hufschläge und den Atem der Pferde. Ich warf einen Blick zurück und sah, dass sich das Feld der sechzehn Pferde in Grüppchen von zweien oder dreien aufgeteilt hatte. Die vorderste Gruppe war unsere.

Dannsair galoppierte ruhig hügelauf, die Ohren aufmerksam nach vorn gerichtet. Ich ließ sie eine Weile so laufen, bevor ich sie ein wenig zügelte. Es war offensichtlich, dass sie kein anderes Pferd vor sich haben wollte. Meine Aufgabe war es, dafür zu sorgen, dass sie sich nicht übernahm.

Ich warf noch einmal einen Blick zurück. Der Anstieg hatte das Feld der Pferde noch weiter auseinandergerissen.

Dannsair wollte immer noch die Führung behalten, doch ich zügelte sie noch einmal sanft und verlagerte mein Gewicht nach hinten, damit sie mich verstand. Ihre Ohren zuckten, während sie mir gehorchte.

Kurz vor dem Hügelkamm und der ersten engen Kurve überholten uns die beiden anderen

Pferde, der kastanienbraune Hengst links und die graubraune Stute auf der anderen Seite. Die graubraune Stute kam uns dabei so nah, dass wir uns fast berührten, und ich nahm Dannsair noch einmal zurück. Jetzt schob sie das Maul nach vorn und zog an den Zügeln, um mir zu zeigen, dass sie nicht nachgeben wollte, um keinen Preis. Ich verstand.

Und nach der Kurve ließ ich Dannsair freien Lauf. Sie streckte sich und verlängerte ihren Schritt. Ich hielt den Körper über dem Widerrist, den Rücken rund und die Zügel lose.

Der kastanienbraune Hengst war immer noch neben uns, doch der Reiter saß zu gerade auf seinem Rücken, zu weit hinten – so dachte ich. Doch der Hengst war stark, ein ausgewachsenes Tier, und wenn ihm der Reiter zu schwer war, merkte man es ihm jedenfalls nicht an.

Ich zügelte Dannsair, und der Reiter des kastanienbraunen Hengstes tat es mir nach. Die graubraune Stute kam näher, während wir hügelabwärts ritten, die anderen folgten jetzt in einer einzigen langen Reihe. Ich sah über die Schulter, dass einige der Reiter schon die Peitsche benutzten.

Als wir zur nächsten Kurve kamen, übernahm

die graubraune Stute die Führung. Sie galoppierte mit gestrecktem Hals und laut und heftig schnaubend. Direkt hinter ihr lag der Hengst, der mir leichter zu gehen schien, mit unglaublich langen Schritten.

Dannsair und ich waren Dritte.

Ich sah den ersten Posten und achtete darauf, nur ja nicht die Strecke zu verlassen, während wir im weiten Bogen hügelabwärts ritten: dreizehn Pferde wie an einer Schnur aufgereiht und drei, die graubraune Stute, der kastanienbraune Hengst mit dem kraftvollen Schritt und Dannsair, voraus. Es gefiel mir nicht, die anderen so dicht neben uns zu haben, aber ich wollte Dannsair auf dem steilen Stück abwärts nicht zügeln. Der kastanienbraune Hengst lief immer noch leicht, und auch die Stute hielt mit, obwohl ich ihren Reiter jetzt auch die Peitsche benutzen sah.

Ich ließ Dannsair ihren Willen, und die beiden anderen ließen es zu, dass ich die Führung übernahm. Wahrscheinlich hofften sie, dass wir unsere Kräfte vor der Zeit verbrauchen würden.

Aber ich kannte Dannsair genau und machte mir keine Sorgen. Was ich nicht wissen konnte, war, wie es mit den beiden anderen stand. Wenn die Stute jetzt schon die Peitsche brauchte, war sie dann schon müde oder nur unwillig und stur? Und war der Hengst so ausdauernd, wie es schien?

Wir hatten die Hälfte des steilen Weges hinter uns. Ich warf einen schnellen Blick nach hinten. Neben dem Hengst und der Stute war ein Rotschimmel aufgetaucht, erst weit dahinter folgten zwei weitere Pferde. Alle anderen waren wohl aus dem Rennen.

Ich richtete den Blick wieder auf den Pfad, der uns den Hügel hinunterführte, und ließ die Zügel locker – Dannsair würde selbst das Gleichgewicht am besten halten. Ihre Vorderhufe schlugen hart auf die steinige Erde, und die steilste Stelle kam schneller, als ich erwartet hatte. Aber Dannsair schien sich genau zu erinnern. Sie verlangsamte ihre Schritte, ohne dass ich etwas dafür tun musste, dann tastete sie sich fast nach unten, und ich verlagerte mein Gewicht nach hinten und half ihr, so gut ich konnte.

Im nächsten Augenblick hörte ich einen Schrei. Ich warf einen Blick zurück und sah die Graubraune erst rutschen und dann mit einem Ruck nach vorn auf die Knie stürzen. Ich konnte nur hoffen, dass der Sturz für Pferd und Reiter gut ausgegangen war. Zitternd vor Schreck lenkte ich

Dannsair weiter an den Rand des Pfades, wo die Erde weicher war und ihre Hufe besseren Halt fanden. Sie wurde langsamer dabei, aber das war nicht wichtig.

Am Fuß des Hügels angekommen, verlagerte ich das Gewicht nach vorn, und Dannsair reagierte darauf, indem sie sich streckte und in vollem Galopp davonjagte.

Trotzdem hörte ich das Schnauben des Hengstes hinter uns, und als ich den Kopf nur ein wenig wandte, sah ich ihn aus den Augenwinkeln. Sein Reiter schlug ihm jetzt mit den Enden der Zügel gegen die Flanken. Der Hengst machte einen Satz nach vorn.

Ich legte mich flach über Dannsairs Nacken, und wir blieben auch noch in Führung, als wir durch die letzte lange Kurve wieder auf das freie Feld und in Richtung Ziel einbogen.

Schon brach die Menge in Jubel aus, und ich spürte, wie Dannsair erschrak. Ihr Schritt wurde kürzer und plötzlich lag der Hengst neben uns. Mit riesigen Galoppsprüngen versuchte er uns zu überholen.

»Los!«, rief ich und spürte im selben Augenblick, wie Dannsair sich streckte und einen Satz nach vorn machte, als würde das Rennen gerade erst beginnen. Schnell lag sie wieder eine Halslänge vor dem Hengst.

Dessen Reiter schwang immer noch die Zügel und peitschte damit die Flanken seines Pferdes, aber Dannsair war zu schnell. Den Kopf weit vorgereckt, gewann sie Hufschlag um Hufschlag mehr Boden. Auf der Ziellinie lag der kastanienbraune Hengst zwei Pferdelängen hinter uns. Die anderen folgten erst in großem Abstand.

Ich hielt die Zügel locker und ließ Dannsair in Ruhe langsamer werden. Sie lief ganz ruhig einen halben Kreis, während sie erst in einen langsamen Galopp und dann in Trab fiel.

Ich sah den Stallmeister mir Zeichen geben, dass ich näher kommen solle, aber ich tat so, als würde ich ihn nicht sehen. Die Zuschauer jubelten, und ich hob den Arm, damit sie sahen, dass ich sie hörte. Sie jubelten und schrien alle gleich laut, Iren wie Normannen. Dannsair gehörte zwar dem Baron, und ihr Reiter sah für sie normannisch aus; aber der Vater des Pferdes war irisch, und inzwischen kannten sicher alle Dannsairs Geschichte.

Mein Herz schlug wie wild. Ich konnte es kaum glauben: Wir hatten gewonnen! Ich galoppierte langsam auf die jubelnde Menge zu und hoffte, die alte Brigit zu sehen, aber ich konnte sie nicht entdecken. Auch Conall und Cormac sah ich nicht. Dennoch lenkte ich Dannsair sanft Richtung Nordtor, weg von der großen Ansammlung von Menschen. Auch die Wächter jubelten, und ich lächelte ihnen zu, als ich durchs Tor ritt.

»Wir haben gewonnen!«, flüsterte ich Dannsair zu. »Wir können nach Hause gehen.« Tränen stiegen mir in die Augen, ich konnte nichts dagegen tun.

Ich versuchte es nicht einmal. Es konnte ja niemand sehen. Die ganze Stadt war draußen auf dem Feld versammelt und bejubelte meinen Sieg, aber nicht nur den: Sie feierten auch das Versprechen von *Beltaine*, dass es bald Sommer werden würde, und das Ende des *Gam* mit seinen kalten Regen. Sie feierten das Leben, die Liebe und alles Gute auf der Welt.

# Kapitel fünfzehn

*Es gibt nichts Besseres als einen langen Galopp in den kühlen Stunden des Morgens. Ich bin schneller als die anderen, die heute gelaufen sind, und das macht mich glücklich. Meine Mutter ist auch glücklich, das merke ich. Ich hoffe, wir können bald wieder galoppieren.*

Es war seltsam, Athenry so still und leer zu sehen. Ich trocknete mir mit dem Ärmel meines Hemdes das Gesicht. Dannsairs Schweiß trocknete schon in der warmen Luft. Trotzdem würde ich sie im Stall noch trocken reiben. Ich blinzelte in die Sonne, dann sah ich jemanden, der uns zu Fuß entgegenkam.

Ich zögerte, doch dann erkannte ich Niall. Ich schüttelte den Kopf und hoffte, er würde verstehen und mich in Ruhe lassen. Ich wollte jetzt nichts gefragt werden und keine Antworten geben, zuallerletzt zu dem Rennen. Er näherte sich langsam genug, dass er Dannsair nicht erschreckte, aber er ließ sich offenbar nicht davon abhalten, mit mir zu reden.

»Ich habe gehört, wie mein Vater mit dem Baron über das Rennen geredet hat«, sagte er außer Atem.

Ich zügelte Dannsair. »Niall«, sagte ich ungeduldig. »Ich muss sie trocken reiben und . . .«

»Sie wollen dich betrügen«, unterbrach er mich.

Ich starrte ihn an. »Wie meinst du das?«

»Sie wollen dir weder das Fohlen noch den Preis geben. Sie werden dir nicht mal deine Arbeit als Stalljunge wiedergeben. Sie wollen dich überhaupt nicht mehr in der Nähe der Stute sehen. Niemand soll erfahren, dass sie einen irischen Reiter haben reiten lassen.«

»Trian!«

Der Ruf des Stallmeisters kam aus der Ferne. Dennoch erschreckte er uns beide. Ich drehte mich um und sah ihn durch das Nordtor kommen. Im selben Augenblick wusste ich, dass Niall Recht hatte, und ich war wütend auf mich selbst. Ich hatte so sehr gewollt, dass ihre Lügen die Wahrheit waren, dass ich fest daran geglaubt hatte.

»Ich danke dir, und glaub mir, eines Tages zahle ich dir alles zurück«, sagte ich zu Niall. »Er kann dich nicht sehen, Dannsair versperrt ihm die Sicht. Lauf, damit er dich nicht noch entdeckt!«

Niall nickte und wünschte mir viel Glück, dann rannte er davon und verschwand zwischen den Häusern.

»Trian!«, rief der Stallmeister noch einmal. »Warte!«

Ich wandte mich um. Dannsair atmete noch schwer und hielt vor Müdigkeit den Kopf gesenkt.

Der Stallmeister erreichte uns und betrachtete Dannsair genau. »Ist alles in Ordnung mit ihr?«

»Sie war vollkommen«, sagte ich und lächelte breit. Alles ergab jetzt einen Sinn, die normannischen Kleider eingeschlossen. Es war ihm peinlich, dass er einen irischen Reiter genommen hatte, und er wollte nicht, dass man mir glaubte, wenn ich es jemandem erzählte.

»Du hast deine Sache gut gemacht«, sagte er. »Ruh dich jetzt aus. Ich kümmere mich um sie.«

»Danke«, sagte ich. »Aber ich will sie lieber selbst trockenreiben und füttern. Sie gehört ja jetzt mir und ich will sorgfältig mit ihr umgehen.«

Er zögerte, und ich betete zu den Heiligen und den Feen, dass sie mir halfen, so zu klingen, als ob ich ihm seine Lügen noch glaubte. Die Heiligen mussten mich gehört haben, denn jetzt bedachte er mich mit einem falschen, trockenen Lächeln.

»Einverstanden«, sagte er. »Ich sehe dich dann morgen früh.« Er zeigte in Richtung Burg. »Der Baron hat seine Türen geöffnet – meine Familie und ich werden dieses Jahr bei seinem Fest sein. Er ist sehr angetan davon, dass er das Rennen gewonnen hat.« Seine Freude wenigstens schien echt zu sein.

Ich stieg ab und tat so, als würde ich Dannsair in den Stall bringen. Bis er außer Sichtweite war. Dann fing ich an zu zittern. Es war Wut, aber auch Verzweiflung. Was würde ich tun? Was *konnte* ich tun?

Hunderte von Menschen hatten mir zugeschaut, wie ich in meinen normannischen Kleidern eine junge mondfarbene Stute geritten hatte. Ich würde nicht wieder hinausreiten können, ohne dass die Männer des Barons mich anhielten.

Ich wollte gegen den Himmel schreien. Es war so ungerecht. Es war falsch. Wieder einmal wollte jemand mir mein Fohlen wegnehmen.

»Wenn du graubraun oder braun wärst, würde es uns vielleicht gelingen, durchs Tor hinauszuschlüpfen. Wenn erst das Fest im Gang ist, werden die Leute nicht so aufmerksam sein«, sagte ich.

»Aber wie soll ich aus einem mondfarbenen ...« Ich hielt mitten im Reden inne, so schlagartig wusste ich, was ich zu tun hatte.

Wir verließen den Stall, und ich führte Dannsair durch die immer noch leeren Gassen. Von draußen vor der Stadtmauer schallte der Lärm der Menge herüber, aber hier drinnen erreichten wir ungesehen das Haus der alten Brigit. Ich führte Dannsair hinein, und sie blieb still zwischen den Webstühlen stehen. Ich machte mich an die Arbeit.

Fieberklee und Birkenrinde waren schon zu Pulver zermahlen, als später die alte Brigit nach Hause kam. Ihre Augen wurden groß, als sie Dannsair sah, und das Lächeln, mit dem sie mir gratulieren wollte, versiegte.

»Was ist, Trian? Was ist geschehen?«

Ich erzählte es ihr, und ihr Gesicht verdüsterte sich.

»Er wird den Preis behalten, davon bin ich überzeugt«, sagte ich wütend. »Und *ich* werde behalten, was mir zusteht, ob ihm das gefällt oder nicht.«

Die alte Brigit schüttelte den Kopf. »Die Normannen sind zwar nicht alle wie ihr Baron«, sagte sie. »Aber er herrscht über sie, und seine Männer werden dich nie gehen lassen.«

»Ich werde deine Hilfe brauchen«, sagte ich.

Sie nickte.

Ich erklärte ihr meine Idee, und sie nickte wieder. Ihre Augen glänzten. »So könnte es gehen.«

»Ich wünschte mir, ich könnte das Gewand tragen, das du mir gemacht hast.«

Ich zeigte auf die normannische Kleidung, die der Stallmeister mir gegeben hatte. »Aber wenn ich es anziehe, sehen die Leute, dass ich irisch bin, und werden sich fragen, woher ein irischer Junge so ein schönes Pferd hat.«

»Ach«, sagte sie. »Da wüsste ich schon eine Lösung.«

Die alte Brigit half mir, Weizenmehl unter die anderen Zutaten im Färbekessel zu mischen. Dann verteilten wir die entstandene Paste auf Dannsairs Fell. Wir bedeckten jedes kleine Stück ihres Körpers außer der Stirn. Sie mochte es nicht und war unruhig, während die Farbe einzog; aber sie war auch sehr müde, und die alte Brigit gab ihr Hafer und redete ihr gut zu, während ich meine Sachen zusammentrug.

Als ich fertig war, küsste ich Brigits faltige Wangen und umarmte sie fest. Sie hielt mich eine

Armlänge von sich entfernt und lachte. »Es ist ein großer Witz.« Ihre Augen strahlten. »Ein Mädchen tut so, als wäre sie ein Junge, der so tut, als wäre er ein Mädchen!«

Ich starrte sie an, überrascht und zugleich beschämt, dass ich eine liebe Freundin so lange angelogen hatte.

»Sag mir deinen Namen, Mädchen«, flüsterte sie.

Ich zögerte nur einen Augenblick. »Lara. Und ich danke dir von ganzem Herzen.«

Wir umarmten uns noch einmal, und ich ließ meinen Tränen freien Lauf.

So kam es, dass in der Abenddämmerung ein Mädchen mit ein wenig zu kurzen Haaren unter ihrer Spitzenhaube und in einem schönen blaugrünen Kleid auf einer gräulich braunen Stute durchs Nordtor ritt. Das Pferd trug einen normannischen Sattel und Zaumzeug von guter handwerklicher Machart. Die Reiterin und ihr Pferd hielten sich ein wenig abseits der jubelnden und feiernden Menschen.

Und niemand schien sie zu bemerken.

Weil sich niemand für sie interessierte.

Dannsair ging langsam. Ihr Fell roch nach Fieberklee, aber trocken und sauber. Ich saß aufrecht wie die normannischen Mädchen im Sattel, den die alte Brigit mir gegeben hatte, und trug ihr blaugrünes Hochzeitskleid. Der Sack mit meiner Habe war hinten am Sattel festgebunden. Meine dreißig gesparten Silberpfennige hatte ich in die Speisekammer der alten Brigit gelegt, neben einen Sack Hafer. Es war nicht genug für das, was sie für mich getan hatte, aber es war alles, was ich geben konnte, und ich hoffte, sie würde trotzdem verstehen, wie dankbar ich ihr war.

Dannsair und ich ritten langsam und hielten auch zu den irischen Zelten einen guten Abstand.

Unterwegs sah ich Cormac – er stand neben dem Feuer und schaute zu den Sternen. Dann sah er plötzlich in meine Richtung, als hätte er jemanden seinen Namen rufen hören.

Ich richtete den Blick nach vorn. Dannsair war müde und hielt den Kopf nicht so hoch wie sonst. Ich musste sie sogar ein wenig antreiben, damit sie schneller ging. Ich schaute nicht zurück.

Ich ritt nach Westen. Ich hatte keine Ahnung, wohin ich mich wenden sollte, aber das erschreckte mich nicht. Schließlich ritt ich das beste Pferd von ganz Irland.